不幹了！我開除了黑心公司

2

北川惠海

輕文學
Light Literature

目錄

十二月五日（一）
五十嵐諒的處境

「你啊，應該從來沒遇過挫折吧？」
從前，一位離職前輩曾這樣問我。
——我遇過挫折啊，還是特大的那種。
我把這句嘀咕留在心裡，沒有說出來。
之所以不說，是有理由的。
總不能告訴前輩，誤入這家公司就是我人生最大的挫折，對吧？

嘟鈴嘟鈴嘟鈴……
好認的鬧鈴聲響起，響到第三秒，我便伸手關掉手機鬧鐘的貪睡模式。
離開棉被的手，立刻被涼颼颼的空氣包圍。
「好冷……」
我緩慢地直起上半身，腦袋裡卻像一團糨糊，茫然不已。
這一年多來，我都是淺眠狀態。

但是，並沒有特別造成問題。任何小聲音都能讓我立刻醒來，我非但不用擔心睡過頭，每天早上還能第一個進公司打卡。

我本來很貪睡。不管再硬的床、再冷再熱的天氣，我都照樣呼呼大睡，但也容易清醒，只要坐起來就能活動自如。好睡好醒的體質，使我平時很少睡過頭。

對體質太有信心的結果，就是在重要場合睡過頭。參加就業活動時，我搞砸了第一志願企業最重要的個人面試。回頭想想，當時我可能比想像中還緊張，非常罕見地在面試前一晚失眠了。

直至今日，我仍無法忘懷驚醒那一刻嚇到大噴汗的討厭感受。

我滑壘趕上面試，雖然免於遲到，服裝儀容卻慘不忍睹。失落地回到家後，我照了鏡子，不禁一陣驚愕。不僅頭髮睡得東翹西翹，領帶也拿錯了，把原本特地準備、顏色符合企業形象的領帶，誤拿成敵對公司形象色的領帶，糊里糊塗繫了上去，而且還繫歪了。

連重要場合都搞不定服裝儀容的散漫傢伙。

面試官肯定這麼想，結果當然沒錄取。

從這天起，我的節奏好像整個亂掉了，本來滿懷信心一定會上的小公司也接連落選。

這時候，其他同學開始陸續拿到工作內定，令我焦急不已。最後，我在「現在確定要來，保證優先錄取」的公司簽下了內定承諾書。那是一間比原訂目標降低好幾個水準的中小型印刷公司。然而，當時我已經喪失自信，失去正常的判斷力，中了對方的話術而答應，提前結束就業活動。

與其去大公司被當成棋子消耗，不如去仰賴自己的中小企業大顯身手——當時我是真心這麼想，因而完全聽信「等你晉升之後就會加薪。以你的實力啊，三年內升上主任不是夢想」這套說詞。如今回頭想想，我徹底中了計。

可想而知，會拚命對應屆畢業生灌迷湯，不惜使出違法邊緣的招式也要拉新人進去的公司，不會是什麼良心企業。

我竟然連這點都沒察覺。

大學同學都很羨慕早早談定工作的我。

「雖然不是什麼大企業，但有發展的潛力，這幾年營收持續看漲。最重要的是，這是一間需要即戰力、實力至上的公司，我認為很符合我的行事作風。獎勵制度也很好。我去那裡可以快速升遷、當上主任，比去大企業的那些傢伙更加活躍，賺進更多錢。」

我洋洋得意地對同儕發下豪語。

「臭小子，我連內定都沒著落，你好意思當著我的面談升遷啊。」

「聽你這麼說，感覺確實是這麼一回事，五十嵐眼光放得真遠。」

同儕的誇讚也增長了我的自信心。

剩下的學生生活，是我人生中最快樂的一段時光。

由於我提早擺脫了就業壓力，時間相對比較充裕，和其他同學相比，多出更多時間應付畢業論文。不僅如此，我接了很多高時薪的短期打工，以製造回憶為名，用這些錢到處旅行，不停參加聯誼。

然後，到了正式進入公司的一個月前，我開始調整睡眠習慣。

總之先把生活作息調好，從夜貓子變成晨型人。

我可無法忍受再次睡過頭，搞砸一切。社會很難混，不能一直像個學生，仗著自己身體好就不顧作息。

首先，我每天早晨在固定時間起床，晚上在固定時間就寢。接著，我推掉大部分的酒聚，就算偶爾參加也規定自己只能喝一點點，時間一到立刻回家。朋友都在猜，我八成在員工訓練時快速交到新女友了。還在念書時，我有個交往多年的女朋友，但她在取得一流企業的工作內定後，便藉機和我分手。我被甩了。她肯定想趁進入新公司，換個更優秀的男朋友，因此急著和我撇清關係。我從沒想過她是如此精打細算的女人，當下受到不小的打擊。但我也告訴自己，能在人生迎向新階段前揮別過去，何嘗不是一件好事？這樣一來，我暫時不用擔心那些有的沒的，可以集中精神拚事業。女朋友等以後想交時再交就好，沒那麼困難吧。

進入公司後，我被派到業務部，主要工作是拉訂單，多一件是一件；如果可以，要多開發有潛力長期合作的企業人脈。公司的業務部只有十多人，人數極少。「因為業務部是精銳部隊嘛。」上司如是說。不是我自誇，我這個人挺好相處的，國中、高中、大學，求學路上人緣一向很好。事實上，我也發揮這項所長，一下子便在部門中混熟了。

我心想，也許可以輕鬆勝任，但在業務工作正式開始後，天真的想法蕩然無存。

派到業務部的第三天，上司叫我去發五十張名片。不是單方面給，要拿回對方的名片。上司說完就把我轟出去。

我趕在下班時間前發出二十一張名片，研判必須先回公司一趟，但在推開部門大門的瞬間，聽見部長的咆哮。比我早一步回來的同梯新人哭了。一道冷汗劃過我的背部。

結果，那位同梯新人做不到一個月就被請離。

接下來的日子，我為了拿下第一份契約，陷入超乎想像的苦戰。直到這時，我才發現自己的弱點——非常不擅長記人名和長相。如果像學生時經常見面倒是沒問題，但多數客戶只見過一次面，根本記不住長相。記不住人是業務員的致命傷。

當然，我努力彌補這項缺點，在名片寫上特徵啦，或把談話內容整理在筆記本等等，除此之外，還去上進修課和素描教室。

業務工作只看結果。記不住人臉的我，說話自然沒自信，業績慘之又慘，上司越來越常拿我開刀。

正當我陷入瓶頸時，當時負責帶我的前輩說：

「五十嵐，你有仔細看過客戶的臉嗎？」

當然有啊。我這麼想著，自問自答。

「你是不是猛盯著手中的資料？」

前輩這句話使我恍然大悟。

「有些人不喜歡一直被盯著，但我認為業務員一定要看著客戶的眼睛說話。眼神不會說謊，會透露出客戶的心聲。資料是為客戶準備的，你自己不要看，而要專心看著客戶的臉。」

沒錯，我並沒有仔細看客戶的臉。一邊盯著手中的資料一邊說明就已分身乏術了，難怪記不住人臉。

接下來，我把資料通通帶回家，記下所有圖表，將內容背到滾瓜爛熟，即使不看書面資料也知道哪裡寫了什麼。

然後，我逐漸學會看著對方的眼睛說話。眉毛的動作、眉間的皺紋、嘴角上揚的弧度……哪怕只是一公厘的細微變化，都會洩漏心情。直到此刻我才明白，自己先前真的沒有仔細觀察客戶。

我囫圇吞棗地記住前輩給予的所有建議。

「千萬不能顯得焦急。無論對方說了什麼都不能動搖。隨時保持微笑。你可能沒意識到說話的速度，試試看慢慢說。」

即使照著做，也不是立刻奏效。

「五十嵐，不可急於得到結果。沉住氣，一步一腳印慢慢耕耘，遲早有一天會開花結果。」

說起來很簡單，但我怎麼可能不急呢？

儘管遲遲看不到成效，我還是努力苦撐下來。

社會遠比我想的還要難混。

後來我才知道，我們公司——尤其我所屬的部門，比其他地方都要嚴格一點。不對，不只一點，而是相當不合理。

但是，這就是剛出社會的我所看到的一切，曾是我的判斷標準，也成為我不容質疑的指標。

這樣就被打敗，不管去哪家公司都不會成功。

這樣就想逃跑，表示我不適合這個社會。

當時，我真的這麼以為。

剛出社會的第一年，我咬牙苦撐。

隔年開始有後輩加入。

差不多這個時期，我開始可以拿下契約。

「簽過一次約後才是重頭戲。聽好囉，別讓客戶有機會提問，你要經常主動提供更多資訊，持續讓客戶看見超出基本服務的用心，拉長戰線贏得對方的信賴，如此一來，就有機會長期簽約。」

負責帶我的前輩是一位精明幹練的社會人士。

我認為自己果然很走運。

每次遇到人生的重要時期，我多半會「中大獎」。那個時候，我以為自己也「中大獎」，完全不疑有他。不，我肯定「中大獎」了吧。實際上，前輩的確是個大好人，我一直這麼認為。

直到那一天、那一刻為止。

時光飛逝，一年又過去了，我在部門內的業績名列前茅。我遵循前輩的指導，持續展現貼心的服務態度，並且逐漸水到渠成，開始拿下長期契約。

同時，公司又有更多新人加入。面對這些甫入社會就碰壁的菜鳥，我盡可能擺出可靠前輩的架式，裝模作樣。後輩看起來也很崇拜我，拿我當榜樣。

公司規定的業績低標十分不講理，又時常需要加班，每一位高階主管都會仗勢欺人，幸好我有可靠的前輩罩我，才能有驚無險地熬過去。因為，公司裡和我最熟的人可是「大獎級」的前輩呢。

但就在我進公司第五年的時候，這樣的日子突然結束。

某一天，前輩毫無預警地辭職了。

在我看來是「大獎」的前輩，對我留下詛咒般的話語，離開公司。

如今冷靜想想，也許前輩是我人生抽中的「下下籤」，我卻誤以為自己中大獎，所以從沒想過要辭職，勉勉強強撐著，逼自己熬過來。

現在我才忽然領悟，假如當初我立刻知道自己抽中了「下下籤」，應該會更早解脫吧。

也許我會提早發現，繼續在這間公司做下去也沒有前途可言。

前輩離職幾個月後，公司補了新人進來。

「我叫青山，請多多指教！」

九十度鞠躬的模樣，令我看了很是刺眼。那小子身上散發出新人特有、充滿幹勁的光輝。平時表現並不搶眼，做事也不特別靈巧，但是對工作秉持誠信的態度，個性認真上進，是個非常好的傢伙。

我再次認定自己「中大獎」。

這次換我帶新人了，我學著過去前輩所做的教導他。

我仔細告訴他工作上的訣竅，在他遇到瓶頸時找他去喝酒透透氣，盡我所能給予建議。可以看出他老實聽從我的建議，努力做到最好，並且單純地崇拜我這個前輩。由旁人來看，我們應該建立了理想的上下關係。

只是，認真老實雖然是做業務的必備特質，但視情況也有可能成為阻礙。那種時下新人常見的溫吞，也不符合我們公司的調性，尤其部長從前可是體育社團的，那種軟弱的個性會觸怒他的神經。結果，青山完全被盯上了。我雖然想袒護他，但也必須承認這是待在我們公司的必經之路。部長會監視你的一舉一動，對你大吼大叫，理所當然似地提出一些誇張不合理的要求。

當我發現時，青山已經開始重複犯下一些小錯誤。他自己也急了，但焦急不能解決問題，只會害他犯下更多錯誤，結果完全變成惡性循環。情況越演越烈，漸漸變成漏轉達重要事項、面對客訴處理不周等嚴重過錯。當然，他每次出錯我都幫忙擦屁股，但這麼做無法解決根本的問題。

那小子的臉日漸喪失活力。任誰都能一眼看出，他失去了業務員最重要的「自信心」。此外，本來是優點的老實性格也退化成懦弱。感覺他整個人都萎縮了。這些變化一併表現在他的穿著上。西裝皺褶增加、瀏海太長、每天繫著深色領帶、眼神失去光芒，和剛進公司時精力充沛的模樣判若兩人。

不知不覺，我也產生「那小子至少別犯錯就好」的想法。不用刻意提升業績、不用在意數字，至少不要犯錯，能從旁協助我就好。我也向部長報備過了，希望他不要逞強。

「你有你的任務，所以好好加油吧。」

他看起來像隨時會斷線的風箏，我則伸手將線綁牢。

當時，我認為這麼做是為他好。

「我懂你的心情，因為我也是過來人。但是啊，要是第一年就辭職，會影響你未來的出路喔。」

我才不要和前輩一樣，擅自澆熄後輩的希望。

才不要和前輩一樣，留下詛咒般的話語就擅自走人。

「這些經驗總有一天會成為你的力量。」

只要再撐一下。等我升遷之後，會改善這個職場環境。

所以，真的只要再撐一下，一下就好。拜託你加油啊。

「謝謝您。對不起，常常給您添麻煩。」

那小子最後總是有氣無力地這麼說。

「不用放在心上，照顧後輩也是我的工作啊。」

我這麼對他說，拍了拍他的肩膀。

距今一個月前，那小子辭職了。

青山隆因為我的關係，辭職不幹了。

「嗚……」

胃部嚴重抽痛。

每天早晨，我搭電車的時候，都強忍著想吐的痛苦。

隔壁的上班族，毫不掩飾地用厭惡的表情看我。

「啊……」

我揉著胃部。

起初只是有點刺痛，卻在數天前變成劇烈抽痛，好像有人抓住我的胃用力扭。

「嗚嗚……」

額頭上滲出冷汗。

情況日漸加遽。雖然想去醫院，但現在公司人手不足，平日很難請假。

「……唔！」

我瞬間痛到無法呼吸，臉上如瀑布般流下好幾道汗水。

慘了，我要吐了。

現在幾分？

先下車再上車，來得及嗎？
我抱著上腹部，快速確認手錶。
如果很嚴重，我也還有二十五分鐘可做為緩衝。
我逆向穿越人潮，勉強鑽過即將關上的車門。
「抱、抱歉……」
這一個月來，我常常像這樣中途下車。
我先跑去車站廁所大吐特吐，然後去自動販賣機買新的水，在長椅坐下，配水吞下常備胃藥。帶出門的水在漱口時用完了。
「啊……痛死了……」
這種情況最近很常發生，我甚至開始習慣了。
「差不多得趕回去了……」
我奮力抬起彷彿在長椅上生根的沉重腰部。公事包重如鉛塊，鞋子、外套、領帶也像鋼做的。鋼鐵領帶勒住我的脖子，頸部出現青紫色瘀痕，慢慢腐爛，也許某天早晨當我睜開眼睛時，脖子就……不行，再想下去我又要吐了。
「嘶——呼——」

用力吸氣、吐氣。
「好，走吧。」
我堅定意志，回到人群中。

來到辦公桌前，坐對面的鈴木一臉死氣沉沉地和我打招呼。
「早安。」
「哦，早。」
鈴木比青山早一年進公司，本來就不是特別活潑的類型，但自從青山走了以後，他顯得更加無精打采。其中一個主因是，青山離開後，部長便將矛頭指向他。
這時，門發出嘎吱巨響，蓋過所有聲音。
「早、早安！」
鈴木表情僵硬地打招呼。
一如往常，部長眉頭深鎖，「咚、咚、咚」地跨著大步走來，在鈴木面前停下。從我的位置都能清楚看到鈴木的額頭流下冷汗。
「你又給我擺出這張衰臉。」

部長開口就是一頓臭罵，就像朝著鈴木的臉吐口水。
「五十嵐！」
「是。」
部長用力在椅子坐下，我趕緊小跑步過去。
每天例行的個人朝會要開始了。
「五十嵐，你最近是不是比較偷懶啊？」
部長看也不看就說。
這時電話響了，部長立刻發出咆哮。
「鈴木！」
「是！」
鈴木嚇到整個人跳起來，急忙接電話。
「今年剩下幾天啊？」
部長用陰森的聲音說。
「剩下二十四天。」
「你倒說說看，你拿了多少業績？」

部長銳利的眼神朝我射來，我的胃又痛了起來。

嘟鈴嘟鈴嘟鈴……

好認的鈴聲響到第三秒，我便伸手關掉手機鬧鐘的貪睡模式。

今天早上，這個鬧鐘聲聽來格外刺耳。當初我是因為這鈴聲聽見就會醒來，才將它設定為鬧鐘鈴聲，如今，我終於明白原因了。

它很像電車發車鈴聲。

自從今天早上察覺了這點，感覺一切都糟透了。

昨天真是慘烈的一天。不，應該說，這幾個月來沒有一天是愉快的，只是昨天特別慘。我讓到手的契約飛了。部長的施壓使我慌了，結果太急躁了。

「可惡……」

我還沒向部長報告。不，我可不敢報告。至少等我找到替代方案再說吧。

「好，努力找出替代方案！」

我命令自己打起精神。

氣象主播說，今晨是入冬後最冷的一天，但又與我何干？就算十二月的今天熱到像夏天，對我來說也沒啥影響。哪怕颳颱風、下大雪，照樣要上班啊。

今天早上車站月台也人滿為患。

這些人究竟是從哪裡跑出來的？而且全都穿著深色大衣。怎麼不乾脆通通消失算了？

我置身事外地心想。

吐出的氣息化作白煙，飄向天空。不論頭壓得多低，都會往天空飄。

每個人都低著頭，口中呼出白色霧氣，往天空飄，看了真礙眼。

眼前有這麼多人，卻沒有一個人站在我這邊。我覺得他們全是敵人。

空氣裡充斥著殺戮氣息。人群互相推擠、踩到腳，眼裡看不進彼此。

這些傢伙走路的時候，到底都看著哪裡？

而我走路的時候，又看著哪裡？

不看任何人，不看任何事物，連自己腳邊都沒留意。

所以才會一個不留神，掉下月台。

所以才會每天都有落軌事故發生。

「唉……」

無意間脫口而出的嘆息，比想像中更大聲。吐息無一例外，飄向天空。

我今天提早出門搭電車，想早點進公司。

如果可以，想在部長上班前約到餐敘，躲去外面。我必須多拿一份契約回來，多提高一點印製量。我想趕快約到客戶，早一秒逃出辦公室。在遇到部長、被他質問：「那份契約談得怎麼樣？」之前解決問題。

「唔……」

反胃感再次襲來。今天比平時更想吐，彷彿整個胃部扭轉過來。不行，來不及了——正當我如此心想的瞬間，車門開了。

我奮力推開擋在前面的人。

「搞什麼！」

無視背後傳來的責罵，側身鑽過門縫。

我一路奔向廁所，還來不及關門，就把胃中所有東西吐出來，難受到流下眼淚。大吐特吐之後，我去買了水，癱坐在長椅上休息。

然而，今天症狀並未因此減緩。平時只要吐過就會舒服許多，今天卻絲毫沒有緩解，陣陣抽痛轉變為劇痛，我痛到無法呼吸。

不怕，還有時間。我打開常備的胃藥盒，裡面只見空空如也的銀色包裝。

「哇，不會吧……」

昨天吃的竟然是最後一顆？我完全沒注意到。這不是平時的我會犯下的失誤。

「嗚……」

得知沒藥之後，感覺更痛了，冷汗直流。

我已顧不得旁人側目，在椅子上抱著肚子蜷縮起來。

耳邊只聽見自己急促的呼吸聲。呼氣使大衣染上濕氣，我好像快窒息了。痛楚完全沒有減緩，我鞭策腦袋思考：是不是該去醫院一趟？可是，站得起來嗎？萬一得叫救護車就麻煩了。怎麼辦？現在過了幾分鐘？還是應該先打電話給公司，通知說會遲到呢……好痛……好痛、好痛啊。

「你沒事吧？」

頭上傳來溫柔的詢問聲。

「啊，我沒事……」

我幾乎出於反射性回答。

「你是不是胃痛？」

我好不容易把臉抬起，看向聲音傳來的方向，視野卻扭曲變形。

「呼……不，我沒……事。」

我勉強從喉嚨擠出沙啞的聲音。

「你流了好多汗。」

看不見對方的表情。我以為自己已經抬起頭，其實仍望著地面。

「這是強效胃藥，要不要吃？」

頭上傳來的聲音對我來說有如神助。

「不好意思，麻煩你了……」

我總算抬起頭。模糊的視野中，看見神一般的男子從藥錠盒中取出三顆藥丸，放在我的掌心。

「不好意思……」

我沒有多餘的心思確認那是什麼藥，只能相信他了。

不知為何，第六感告訴我，這個人可以相信。是因為我被逼急了嗎？還是因為他是我痛到現在唯一出聲關切的人？總之，我把藥吞了下去。

過一會兒，疼痛稍稍減緩。

「……真的很抱歉。」

我低著頭喃喃自語。那個人似乎坐在旁邊等我。等我終於不喘後，抬頭注視他。他察覺我在看他，回以視線，還給了我溫柔的微笑。

「感覺如何？」

人如聲音一樣善良，看起來是大好人，眼神充滿慈愛，我忽然覺得他跟誰很像。

「好多了，真是得救了，謝謝你。」

我回答之後，那個人放鬆眼角肌肉，似乎鬆一口氣。

「如果可以走動了，趕緊去一趟醫院比較好喔？」

「嗯……是啊，真的很謝謝你的幫忙。」

「要不要介紹醫院給你？」

那人穿著明亮的灰色大衣，脖子圍著漂亮的天藍色圍巾。

「不用，我得先進公司一趟，之後再去看醫生……對不起，給你添麻煩了。我得趕快離開，日後再好好向你道謝……啊，這是我的名片。」

我遞出名片。

「好的，你真細心。」

他微微一笑，接過名片。

「謝謝你救了我，容我先行告辭。下次見。」
我匆匆忙忙起身，向前走了一段路才回頭看。
對方察覺我回頭，輕輕舉起一隻手來，我也朝他點頭致意。
在黑與灰占據的灰暗人潮中，只有那條漸漸遠去的天藍色圍巾格外耀眼。

我勉強趕上打卡時間，卻不幸與部長同時進公司。
部長有話想說的眼神朝我刺來。
我好不容易熬過早上。下午部長要去開會，不在座位。
部門裡的所有人終於能放鬆一下。這時，電話鈴聲響起。
「五十嵐先生，接二線，一位叫山本的先生找你。」
鈴木朝我喊。
「……山本先生？公司名稱是？」
「我來不及問……抱歉。」
鈴木說話的表情疲憊至極。我很慶幸部長不在。雖然只是小事，但要是讓部長聽見了，鈴木又要被怪罪。

「啊啊，沒關係，我大概知道是誰。」

……山本先生？我想不到類似的人物，到底是誰啊？

我一面回想最近經手的案子，一面輕輕做著深呼吸，拿起話筒。

「您好，電話已轉接，我是五十嵐。」

『啊，你好你好，你的聲音聽起來很有精神，太好啦～』

比想像中活潑、高亢的聲音，使我頓時一愣。

「咦？啊，您好，平時承蒙關照了。」

『啊，我是山本～』

語氣彷彿我應該要知道他是誰，我緊張得冒冷汗。

「是、是，我當然記得您。山本先生今日找我，有何貴幹？」

我佯裝平靜，試探地問。

不妙，到底是誰？

『我今天想找你去吃個飯。』

吃飯？果然是客戶嗎？話說回來，他的語氣聽起來和我好熟，感覺像是老客戶，但為什麼我想不起來呢？

「啊，好主意～您今天想吃西餐還是日式料理呢？現在這個季節正好有寒鰤魚（註1）和河豚呢。」

我邊詢問，腦中邊篩選數間店家候選名單。

『啊，我有想去的店，可以約那裡嗎？』

他雖然說著標準語，但從剛才起，語調便接近關西腔。

「當然好啊！我來訂位，方便告訴我店名嗎？」

『不用啦，我訂就好！』

「不不，這怎麼行……」

『既然決定了，我們約晚上七點，在離貴公司最近的車站西邊出口，這樣好嗎？店家就在那附近。』

沒錯，很明顯是關西腔。面對說話帶有強烈特徵的客戶，我為自己依然想不起對方是誰而焦慮。

「好啊，樂意之至。晚上七點，我在西邊出口恭候。哎呀，真期待見到您。」

『俺也是喔。』

俺（註2）……？

確認對方掛斷電話之後，我也放下話筒。

很少有人會在工作場合使用私下慣用的第一人稱，而且，他說話的語調帶著濃濃的關西腔。

辨識度這麼高，為什麼想不起來呢？

我懷著焦慮的心情，在辦公室公用白板的「五十嵐」姓名欄位，填上「19點～餐敘完直接回家」。

到頭來，我還是想不起致電的客戶是誰，努力翻遍仔細寫下紀錄的記事本和名片也找不到類似人物。我將所有能想到的資料通通塞進公事包，前往車站的一路上絞盡腦汁拚命想，但實在想不出可能的人選。不擅長記長相，是我身為業務員的致命傷，正因為有此自覺，我才花費比別人多一倍的努力勤做筆記，結果事到臨頭還是想不出來。

我拖著沉重的腳步走著。

如果因為這樣丟了契約，該怎麼辦？我感到心死，提早十五分鐘抵達車站西口。

註1　冬季產卵前最肥美的鰤魚。
註2　日文的自稱「俺」非正式場合用語。

就在我抬頭挺胸站好，以備客戶可能隨時出現時……

「五十嵐先生～」

後方傳來呼喚，我緊張地回頭。

同時，天藍色的圍巾映入眼簾。

「你好你好，你好早到喔～」

看見在車站前像個大孩子般奮力揮手的男人，我頓時因為訝異與放鬆，身體一陣脫力。

「你是今天早上的……」

「正是！我們早上才見過喔～」

他露出一口白牙，燦爛地對我笑。

「我還在想是哪位呢！」

我發自內心地放鬆吐氣。

「啊哈哈，抱歉。我後來才發現忘記報上名字了。」

我再次用力吐氣，放下心中大石。

「哪裡哪裡，是我不好，忘記請教救命恩人的大名，一心只想趕去上班，真是太失禮了。」

「不會啦，看你精神不錯，我就放心了。後來有沒有去醫院呢？」

男人彷彿遇到老朋友，笑咪咪地說。

「多虧你給的藥，後來症狀好多了，我就沒去醫院。」

我端出笑臉回應，男人說「我就知道～」，瞬間垂下眉毛。

「啊，總之，我們先去吃飯吧。」

我轉移話題，對男人投以業務用笑容。

「那麼，我來帶路。」

男人再次咧嘴笑，指著剪票口。

我跟隨他坐上電車，在搖晃的車廂裡聊著無關緊要的話題。男人在離我家最近的一站下車，出了剪票口，毫不迷惘地不停向前走。

「請問……今天要去哪種店呢？」

面對我的疑惑，男人笑說：「哎，你很快就知道了。」

男人在一間冷清的定食屋前停下來，這間店連住附近的我都不知道。

「就是……這裡嗎？」

他不以為意，喀啦喀啦地推開門。

「歡迎光臨～」

店裡的大嬸愛理不理地出來招呼。

店內老舊的牆壁上，貼了滿滿的菜單。

「我要點蛋汁炸豬排定食。」

男人一坐下立刻點餐。

「那我要……」

我急忙觀望牆壁，想盡量點不會對胃造成負擔的食物。

「味噌鯖魚定食。」

大嬸隨口應了聲「知道了」，走進開放式廚房形式的烹飪場。

不一會兒，豐盛的定食冒著熱騰騰的蒸氣，盛在黑色托盤上擺到面前。男人發出開心的歡呼，剝開竹筷。

男人話匣子一開就停不下來，令我訝異。他的表情也很豐富，用彷彿與老友相見歡的亢奮情緒，東拉西扯了一個多小時之久。

然後，在吃完這頓美味度普普通通的定食後，爽快起身說「好啦，該走囉」，結束這場突如其來的飯局，再次令我感到訝異。

結帳時由我買單，做為今天早上的謝禮。蛋汁炸豬排定食加味噌鯖魚定食，兩人合計一千九百六十圓。考慮到價位，應該算是滿好吃的。

男人在店門口揮手說「好啦，下次見」，就此揚長而去。我一時之間有點反應不過來。回家的路上，我邊走邊想：

那個人到底想做什麼？

我只知道他姓山本，除此之外沒有問出其他個人情報。因為他自個兒說個不停，我根本找不到空檔插話。

他說了「下次見」，意思是，以後還打算約我出來嗎？

那口關西腔，是因為才剛來東京不久嗎？

他是不是想要一個可以相約吃飯的朋友呢？

「真是怪人……」

如果只是想要飯友，認識這個人，其實並不壞。

他是車站裡唯一關心我的人，心地善良，對人沒什麼戒心，而且相當不怕生。這個人恐怕不懂得懷疑別人吧，至少感覺上不是什麼壞人。

回到家後，我鬆開領帶，看向時鐘後吃了一驚。
「還不到九點……」
我已不知多久沒有這麼早回到家，而且已經吃過飯，接下來只要洗澡就能上床睡覺。
「原來如此……真輕鬆。」
我不由得自言自語。
機會難得，我時隔數個月放滿浴缸的水，痛快泡了個熱水澡。
「好久沒有正常吃一頓飯了。」
自從胃壞掉後，我都沒有好好吃一頓像樣的餐點。
泡進舒服的熱水裡，僵硬的筋骨放鬆下來。
「呼哈……」
我用雙手舀起熱水，嘩啦嘩啦地潑向臉。曾幾何時，我都忘記洗澡是這麼舒服的事。
「山本嗎……」
眼底浮現鮮豔的天藍色圍巾。
打從初次見面，我就覺得他很像某個人。
我再次潑水，雙手覆住臉。

對了，那小子最後一天來上班時，也繫著天藍色的領帶。

啊啊，對了，山本先生和他有點像呢。

不是長相相似，該怎麼說？那種柔和的氛圍似乎挺像的。

尤其像我最後一天所見他的模樣。

那小子在最後一天露出了清爽的表情。

「不知道他現在過得好不好……」

難以言喻的痛苦襲上胸口。

我呼吸不過來，咕嚕咕嚕地沉入浴缸。

嘟鈴嘟鈴嘟鈴……

隔天一早，我一如往常，關掉手機鬧鐘。

探出棉被的手指比平時溫暖。我坐起來，頭腦也比平時清晰。大概是因為有好好用餐、悠哉泡過熱水澡的關係吧。

難不成，那個好心人是我的「大獎」嗎？

我萌生毫無根據的直覺。

這天，我睽違將近一個月，早上通勤時沒有中途下車，順利抵達公司。

吃完午餐回來，鈴木便叫住我。

「五十嵐先生，二線山本先生找。」

我不由得「咦！」地大叫。

這情形跟昨天一模一樣。我立刻接聽電話。

「讓您久等了，我是五十嵐。」

『啊啊，你好，好久不見～』

好久不見個頭啦。我輕輕笑出來。

「謝謝您平日的關照。」

『五十嵐先生，你今天傍晚有約客戶嗎？若是有空，我想請教你關於工作上的問題。』

「當然沒問題！那我們約……」

『四點半西口見！』

「是，我明白了。那我四點半過去拜訪。」

掛斷電話後，我在白板寫下「16：30～拜訪客戶」。

回過頭時，剛好和鈴木對上眼。

「幹嘛？」

我一問，鈴木急忙搖頭。

「不，沒事。」

和昨天一樣，我提前十五分鐘到達西口，山本先生已經到了。昨天也是，這傢伙究竟從幾點開始等啊？我跑過去。

「山本先生，抱歉讓您久等！」

「啊，你好～對不起喔，臨時找你出來。」

山本先生還是老樣子，整個人笑咪咪的，態度穩健，感覺很有精神。

「我要去我工作的地方，方便搭一小段電車嗎？」

他在電話裡說，想請教我工作上的問題，應該是搜尋了我印在名片上的公司網址吧？也許有東西想拜託我印。

「當然好啊！」

我高興都來不及了，開開心心地回應。

抵達的場所是知名綜合醫院。

真意外。難道他是醫生？不，也許是醫療行政或護理人員。無論如何，醫院應該有不少簡介手冊或疾病宣導傳單需要印製。

「在這裡。」

他笑著朝我揮手。

「好！」

我搖著尾巴般高興地跟過去。

走進醫院後，首先看見寬廣的掛號櫃檯和等候叫號的椅子，旁邊擺著「流感預防須知」與「記得定期做健康檢查」等傳單，供人自由拿取，我被這些東西吸去注意力。

如果這些印刷物全外包給我們公司……

「你今天有帶健保卡嗎？」

山本先生出聲詢問。

「咦？啊，有的！」

「方便借我看一下嗎？」

一隻手掌朝我伸來。

「沒問題！」

我趕緊從皮夾抽出健保卡交給他。

「這張卡借我一下喔。」

山本先生說完，快步走向掛號櫃檯。

我愣在原地。

他很快就回來，手上拿著筆和手寫板夾。

「來來來，請坐那邊。」

「是。」

我依言在椅子坐下。

「幫我填一下資料。」

「好……」

我接過他遞來的筆和手寫板夾。

「啊，症狀盡可能仔細填寫喔。如果有正在使用的藥物，也幫我詳細填上去。」

「好、好的……」

無論怎麼看，夾在板上的單子都是初診病歷表。

「那、那個……山本先生……請教一下……」

「拜託不要加敬稱，我聽到會寒毛直豎耶。」

他抱起雙臂，覺得冷似地摩挲，還誇張地縮起脖子。

「啊，抱歉……」

「叫我『山本』就可以囉。」

他邊說邊露齒大笑，很像牙膏廣告中會出現的那種笑容。

「這怎麼行，太失禮了……」

我也趕緊端出笑容。

「請問，山本先生，您在這裡工作嗎？」

「是啊，不然呢？」

「我想也是，哈哈……」

印刷承包的話題呢？該怎麼把話題接過去？不，也許現在應該靜觀其變？我低頭看向手寫板夾。也許介紹新的病人進來，他可以領到獎金？

「填完初診單，我要進診間看診……對吧？」

「當然啊！我又沒生病，當然是請五十嵐先生看診囉。」

山本先生再次燦笑。

這個人果然也有業績壓力嗎？反正，我先照他說的做吧。

「知道了。」

我填完病歷表後，他交給櫃檯，對我說「這裡」帶我過去。來到掛著內科門牌的候診間，山本先生停下腳步。

「在這裡坐一下喔，叫到名字請入內。」

「好的。」

我還是乖乖聽他的，無奈地坐在椅子上。

「那先這樣啦，我們晚點見。」

山本先生抬起單手說拜拜，作勢離開。

「等、等一下！」

我忍不住站起來，他「嗯？」地回頭。

「只是一般看診，對吧？」

過了一秒，山本先生露出賊賊的笑容。

「是新藥的人體實驗喔。」

「什麼！」

我反射性地大叫，其他病人頓時朝我行注目禮。

「騙你的啦～」

他哈哈大笑。

「請放心，只是一般看診，你要老實敘述症狀喔。別擔心，這位醫生人很好。」

山本先生的表情突然放柔，聲音和當初在車站問我「你沒事吧？」時一樣溫柔。

不知為何，我放心了。這個人的話語，擁有某種使人安心的力量，就連警戒心如此強的我也坦率接納。

「五十嵐先生，你沒事吧？」

山本先生的聲音拉回我的注意力，他偷偷觀察我的神色。

眼神非常、非常溫柔。

上次被人這麼溫柔地看著，是多久以前的事了？

「是的，我沒事。」

我發自內心這麼認為。因為相信不會有事，所以才能這麼肯定地回答。

已經多久沒有這樣了？

正確使用「我沒事」這句話來表達自己的狀況。

曾幾何時，我只在「有事」時逞強說「沒事」。只在痛苦時使用這句話。

「我沒事……」

不知怎地，我有點想哭。

自己也感到一頭霧水。

不知該如何描述此刻湧上心頭的感受。

我對山本先生點頭致意，趁低頭時急忙轉身說「晚點見」。

感覺他從背後走遠後，我坐在椅子上。

我不想被他看見現在的臉。儘管我並不確定自己現在是什麼表情。

但我覺得好想哭，好像快哭出來了，只能拚命忍住。

問診結束後，我的情緒也稍微平靜下來，可以好好思考了。

他做這些事，究竟是為了什麼呢？我想他八成是醫療相關人員，這麼做只是工作的延伸嗎？或者，這些行為對他來說，具有某種特殊意義？他可以從中撈到好處嗎？

我回到綜合櫃檯，準備付款，他似乎已久候多時，一臉賊兮兮地站在那裡。

「怎樣？有沒有被施打奇怪的針劑啊？」

「有喔，我被餵了從來沒聽過的新藥。」

我也稍微跟他鬥嘴，只見他開心似地咧嘴一笑。

「下次是不是要照胃鏡啊？」

果然，他有一定程度的相關知識。

「是的，我先問了醫生哪幾天可以安排照胃鏡，但老實說，我還不確定能不能請到假……」

「這簡單，說要去拜訪客戶不就好啦？」

「不，這不太好吧……」

「為什麼？業務員不是常常在外面跑嗎？」

「是這樣沒錯……」

「如果你會擔心，結束後來和我洽商吧。簡單說，只要業績數字有進帳就好，對吧？這我可以向你保證。」

「咦……」

意思是說，只要我預約照胃鏡，他就願意和我簽訂契約之類的？天底下哪有這麼好的事？他究竟為了什麼目的，非要我照胃鏡不可？是不是有業績壓力？雖然搞不清楚是怎麼一回事，但他應該是某種醫療體系的業務員吧？

「也就是說，可以直接預約時間吧？」

他看我沒說話，拍了拍我的肩膀。

「好、好的……」

我沒有理由拒絕。我只要接受檢查便能拿到訂單，對他來說恐怕也有某些好處。換句話說，這是雙贏的局面。

「那就約下週一的下午吧，麻煩了。」

我一說，他便開心地笑道：「了解～」

接著，他直接送我去車站搭車，說了句「我還有工作要忙」就離開了。

到頭來，他還是沒有具體告訴我他的職業是什麼。我不確定他想不想說，但至少現階段看來，這場交易對我沒有任何壞處，所以我也不急著追問。反正下週正式洽商時，謎底總會揭曉吧。

畢竟今天花了一些時間候診，時間已接近晚間七點。

要先回公司一趟嗎？還是直接回家呢？這麼說來，今晚七點部長有飯局，就算我不在公司也不怕被念。以防萬一，我還是先打電話回公司比較好，確認有沒有留言給我的交待事項，但似乎沒有急著回公司的必要。

「算了，無所謂吧。」

我坐上與公司相反方向的電車。

從離家最近的車站走回家時，我想起了那間小店。

我在平時不會轉彎的路口轉彎，在小巷走了一段路，看見那間老舊的餐館。

喀啦喀啦地推開門，和上次造訪時一樣，晚餐時間店裡有不少客人。

上次有一道餐點引起我的注意，它叫「清粥御膳」。

畢竟是和剛認識的人約吃飯，點粥實在怪怪的，所以當時我沒有點，但總覺得吃這個很好消化。

「不好意思，我要點清粥御膳。」

明明其他餐都叫定食，為何只有這一道叫御膳呢（註3）？我疑惑地點餐。

「也可以做成雞蛋粥，不加價。」

和上次一樣，店員大嬸冷冷地說。感覺她不適合做服務業。

「那我要換成雞蛋粥。」

「收到了。」

不一會兒，餐點便送上桌。

「清粥御膳啊……」

看見那道餐，我忍不住低語：

「還真的是……御膳。」

裝盛淺黃色雞蛋粥的大碗公旁，擺滿了小碟子。

勾芡高湯豆腐、煮南瓜、燙菠菜，以及用雞肉、白蘿蔔和紅蘿蔔做的簡單筑前煮（註4）。其中一個盤子裝了佃煮（註5）、醬菜和梅乾。除此之外，還附一條小的香烤白身魚。

「分量好驚人……」

我自言自語，大嬸瞄了我一眼。

我輕輕雙手合十，開動。味道很溫和，白蘿蔔煮得特別柔軟，筷子輕輕一夾就碎了，我不禁有點感動。好吃歸好吃，但我實在沒辦法全部吃完。

我留下吃剩三分之一的清粥御膳，小聲說「感謝招待」，起身結帳。

註3 「定食」通常指連小菜一起放上托盤的平價套餐，「御膳」則是擺在墊高的餐台上，通常用於宴客的料理。

註4 源自日本北九州的鄉土料理，炒過再煮為其特色。

註5 將水分收乾煮成的配飯佐料，顏色深褐，口味甜鹹。

走出小餐館，冷風刺骨地吹來。這幾天氣溫驟降。

出到大馬路，看見一座公園。

「這裡竟然有公園啊。」

查看手機地圖，這裡叫「泉之丘公園」，從中間穿越可以直通到家。

在公園走了一會兒，我聽見街頭藝人在唱歌，也有數名行人停下腳步欣賞。街頭藝人聲嘶力竭地歌唱，聲音帶著哭腔，彷彿對行人闡述什麼。

我討厭這種自由分子。

他們總是在追尋夢想，還驕傲地認為這是美事。

不去上班、不靠自己賺錢謀生，有些人甚至給女人包養。

不惜做到這個地步也要追夢，是因為他們相信。

相信自己擁有改變世界的力量。

對此沒有一絲一毫的懷疑，甚至對素昧平生的陌生人闡揚自己的理念。這份自信究竟從何而來？明明有這麼多追夢烈士戰死沙場，親身示範了理念只是空想，但追夢家們仍對此深信不疑。他們的心智何以如此堅定？

我莫名惱怒。此外，大概也感到羨慕吧。

街頭藝人唱完一曲說道：

「下一首曲子沒有歌名，我都叫它〈無名〉。這首歌對我來說很重要，請各位聽聽看。」

他深吸一口氣。

這個人天生具有比一般人多一點的歌唱才華。

這就是他的「大獎」吧。

所以他才忍不住追夢。

朝著根本看不見、在霧靄彼端的山頂拚命爬。

殊不知霧靄的另一頭，可能是懸崖峭壁。

他抖動喉嚨，引吭高歌。

我看不下去了。

上天賦予你的才華，可能是「下下籤」也說不定喔。

你只是沒發現而已，還誤把它當成「中大獎」。

回過神來，我已停在原地，入迷地聽著街頭藝人唱歌。

我已經好久沒有想起前輩了。那位在我剛進公司時負責帶我，本來是我人生「大獎」

的前輩。

「喂，你想升遷嗎？」

在常去的店裡，前輩一手抓著啤酒瓶，朝我問道。

「當然啊。」

「哈哈，你還是這麼有想法啊。」

前輩一如既往，笑著為我倒啤酒。

「這應該是全天下上班族的夢想吧？」

「是嗎？我可不這麼認為。」

「為什麼呢？」

前輩「咚」一聲放下啤酒瓶，忽然換上嚴肅的表情。

「你覺得升遷之後，會怎麼樣？」

「嗯……薪水變多……擁有更大的權勢吧……」

前輩嗤之以鼻。

我有點不高興。

「我哪裡說錯了？」

「你還不懂嗎？你未來的目標，可是『那個部長』喔。」

我一時說不出話。

「我不會變成部長那種人。」

「哦？」前輩叫住附近的店員。「不好意思，再來一瓶一樣的。」

「我……等我當上主管，會改變現在的職場環境。為此，我得先做出成果才行，這樣才能開始。」

「是嗎？」

前輩帶著笑容，捏起毛豆。

「前輩……是覺得維持現狀比較好嗎？」

「你問我嗎？還是問職場環境？」

「職場環境。」

「我相信沒有人喜歡現在的環境。」

前輩以穩重的口吻說。

「所以，必須有人挺身出來改革，未來才有可能改變，不是嗎？」

我已經有三分醉意，忍不住小小回嗆。
「五十嵐，你啊，應該從來沒遇過挫折吧？」
「挫折……？」
「你沒經歷過挫折吧？」
前輩沉穩的聲音如鋒利的刺槍，貫穿我的心臟。
「沒這回事。」
我克制住沸騰的情緒。
「不，你沒遇過，所以才能輕輕鬆鬆說出『改革』。」
前輩的語氣不改沉穩，卻比我手中的啤酒杯還冰冷。
「前輩……您變了。」
我發自內心感到哀傷。
「剛進公司時，教導我如何當個好業務員的，正是前輩。您總是用正面的話語鼓勵我，如今卻……」
「正因如此，我現在更要對你說。」
他換上勸戒的深沉語氣。

「因為，這是我最後能告訴你的事情了。」

我不懂前輩在說什麼。

「五十嵐，無論是人，還是公司，都不是那麼輕易就能改變的。」

前輩雙眼盯著緊抓啤酒杯的手。

「凡事都有過程。每個人都是如此，那個部長也是。」

「部長也是嗎……」

我沒想過這件事。

「這當中有逼不得已的過程。因為經歷了那些，部長才會是現在的部長。人沒那麼容易改變。」

前輩再次替我添酒。

「改變需要的是變化。為了變化而變，就像引爆劑。」

「您是說，我要當引爆劑嗎？」

我立刻喝掉了半杯。

「我可沒這麼說。更何況，憑現在的你是辦不到的。」

「為什麼不行？」

我有些賭氣地反問。

「一旦產生要在那間公司往上爬的想法，你將逃不出那個輪迴。」

前輩這次將酒倒入自己的空杯子。

「引爆劑必須具有強大的威力，從其他方面引發大爆炸。」

「其他方面，是指什麼呢？」

我不太高興地問。

「我也不知道啊。就是因為不知道，才會一直這麼痛苦掙扎。」

「痛苦掙扎……」

「五十嵐。」

前輩直直看著我。

「是。」

我也筆直看著他。

「別把在那間公司向上爬當成目標。」

這是我最不想從前輩口中聽到的話。

「我不希望你經歷和部長相同的『過程』，不想看到你變成部長。」

「不會的。」

我用力握住啤酒杯。

「五十嵐，往上爬會遇到更強大的力量。你只會被那股力量吞噬。」

「即使如此，我也不會變得和部長一樣。」

前輩露出微妙的表情笑了。

接下來，我們一起喝光好幾瓶啤酒，起身離席時，前輩對我說「我要辭職了」。

「我想提早讓你知道這件事。」

前輩說出這句話時，表情莫名神清氣爽。

我無言以對，默默喝光殘存杯中已經不冰的啤酒。

我們沉默地走出店門，離別之際，我終於開口：

「前輩，無論如何，我不喜歡您對我說的那些喪氣話。最後，我希望您至少對我說一聲『加油』。」

前輩露出些許寂寞的表情，不過仍用沉穩的聲音低喃：「抱歉……」

當時，我認為決定辭職的前輩是喪家犬。

「我絕不仿效部長的作風。遲早有一天，我會用我的方式改善那個職場。」

我是真心相信自己做得到。

「所以，請不要擔心。」

最近，我總是想不起當我說完這句話時，前輩最後露出什麼表情。

前輩的臉彷彿被一團霧擋著，在腦海中始終霧茫茫的。

此刻，我總算想起前輩當時的表情。

現在，我可以懂了。

現在的我，很能了解前輩的心情。

當時，他肯定發自內心同情我吧。

現場響起拍手聲。

「謝謝大家。」

不知不覺，曲子唱完了，觀眾也增加了。

一些人將零錢丟入吉他盒，我也從錢包拿出百圓銅板投進去。

「謝謝你。」

街頭藝人誠懇地看著我，輕輕點頭致意。

在寒空下持續彈奏吉他的他，手指又紅又腫。

不過才一百圓。

鼻頭在寒風中凍得發紅，呼出白色霧氣連續歌唱，就為了這少少的一百圓。

也許這一百圓的重量，對我們來說，是天差地別吧。

接下來，我每天定時去那家定食屋報到，每次必點清粥御膳。

除了燉雞肉、白蘿蔔和紅蘿蔔以外，碟子裡的小菜每天都不同。乾燉馬鈴薯、青花菜拌芝麻、鹿尾菜、白蘿蔔絲、涼拌四季豆、甜豆、豆腐渣、雞蛋豆腐、高湯煎蛋捲、茄子、小松菜、大白菜、涼拌燙獅子唐青椒仔……每一道小菜的調味都溫潤爽口。只要點清粥御膳，一定會附上四盤小菜、佃煮加醬菜，還有烤白身魚，每天吃都吃不膩。

這家店營業至深夜，全部的定食與清粥御膳，含稅都是九百八十圓。牛丼和麵類更便宜，許多人會來小酌兼用餐。任何時段都有不少客人，其中多半是比我年長的男性。店內散發閒散的氛圍，那些人看起來都比我幸福，喝著啤酒捧腹大笑，邊看電視邊用餐，那幅光景令我既羨慕又忌妒，心情很是複雜。

掌管廚房的大嬸，臉還是一樣臭，令顧客煩躁。但奇妙的是，待在這個散漫的空間，感覺挺不賴的。

回家的路上會經過公園，不論入夜後多麼寒冷，街頭藝人依舊每晚報到。

我習慣在這裡聽上幾曲，在吉他盒丟入銅板。

他每次都誠心向我道謝。

一週後，檢查報告出爐，附上明明白白的病名。幸好醫生說只要吃藥就能正常工作，讓我鬆一口氣。

回程之際，我在內科的小櫃檯打聽山本的身分。

「請問，這裡有一位職員姓山本，對嗎？」

「您說……山本？是內科醫生嗎？」

忙碌的護理師停下動作確認問道。

「啊，他是內科醫生嗎？」

「不，內科沒有醫師姓山本喔。」

「那麼，請問護理師或行政人員當中，有沒有人姓山本……」

護理師面露狐疑。

「不好意思，請問您是……」

「啊，不，沒事。對不起。」

我急急忙忙離開掛號櫃檯。

檢查報告出爐的日期，之前通電話時提過了，我樂觀地心想，不用我主動找他，他應該也會自己打來吧。

怎知，從此以後，山本先生再也沒有打電話來。

我不知道他的聯絡方式。之前雖然問過一次，他卻用悠哉的笑臉帶過：「我會再主動打給你。」

我太信任他了。

因為太信任，所以深信他一定會主動打來。是我太單純造成的失誤。他恐怕已經達到某個業績目標或數字，已經不需要我了。

我「呼……」地用力嘆氣。

遠比自己所想的還要失落。

太相信別人，往往落得這種下場。

他不是我的「大獎」。

這也沒辦法。身處商場，是他比較高明。

我輸了。

腦中倏地浮現前輩的臉。

『你啊，應該從來沒遇過挫折吧？』

當然有啊。

我憤恨咬牙。

「那就是一時大意，進了這家爛公司。」

「咦？」

坐前面的鈴木睜大眼睛看著我。

「不，什麼事也沒有。」

我將視線落向電腦鍵盤。

正因如此，我的人生不該埋沒於此。

應該要爬得更高，給他們好看。給前輩、沒錄取我的企業、甩了我的前女友，以及那些任職大企業的傢伙們好看！

我要變得更偉大。為此，必須在這個被賦予的舞台闖出一番成就，努力升遷，改變職場環境。

『憑現在的你是辦不到的。』

前輩那天說的話，言猶在耳。

我絕不像前輩一樣落荒而逃。

為此，我必須功成名就，成為不可或缺的職場戰力，還得保住業績第一的位子，這麼做也是為了其他同事著想。

所以，我真的沒辦法啊。

你就是天生不適合當業務。

這是事實，所以我必須罩你。

我、我……總有一天，我會改善這個環境。

所以，只有我，必須持續回應部長的期待。

必須努力提升業績才行。

所以、所以，我當時是真的沒辦法。

「嗚……」

胃又痛了起來，我急急忙忙衝進廁所，服下止痛藥。

竟然因為壓力太大而生病，人體真脆弱，我也沒想到自己如此脆弱。可是，我不會辭職的。畢竟我連那種骯髒事都做了。不小心那樣做了。

我絕不辭職。

絕不從這裡逃走。

「五十嵐先生，二線電話。」

從廁所回來，鈴木叫住我。胸中瞬間湧起一絲期待。

「誰找我？」

「山本先生。」

我馬上拿起聽筒。

「喂？我是五十嵐！」

『哦哦！今天感覺精神特別好喔！太好了。』

聽到他的聲音並無異樣，我放心了。

「不好意思，本來應該由我主動打給您……」

『我沒告訴你聯絡方式嘛。』

「就是說啊。是我疏忽了，抱歉。」

『後來你有去嗎？』

「有的，您說醫院嗎？」

『不，我說的是那家餐館。』

「咦？」

『你有去那家餐館嗎？』

「啊，有的。老實說，我還滿常去的……」

『那是一家好店，對吧？』

「是的，非常棒。」

『那麼，今天要不要一起去呀？』

「好主意！我們約七點左右見面好嗎？」

『好啊，那今晚七點，我們直接在店家碰頭吧。啊，吃完直接回家喔！』

「我明白了。那麼，我們約差不多七點左右見面。」

『好喔～晚點見啦。』

他留下彷彿能看見笑容的回應，掛斷電話。不知道是不是錯覺，我難掩興奮地在白板寫下「19點～餐敘完直接回家」。

回過頭時，我又和鈴木對上眼。鈴木馬上轉移視線，但我總覺得他微帶笑意。

「五十嵐先生～」

山本先生在店門前揮手。

「抱歉！我差點遲到……」

「不會啦，我們進去吧。」

「是！」我急忙走到前面，喀啦喀啦地開門。

就座之後，平時那位大嬸端水過來。

「我要蛋汁炸豬排定食。五十嵐先生呢？」

「呃……魚……啊，烤鯖魚……」

總覺得點粥令人難以啟齒。

「這裡有清粥御膳喔，你吃過嗎？」

山本先生笑臉迎人地問。

「啊，吃過……老實說，我最近都點那個……」

「那請給他清粥御膳。你吃蛋嗎？」

看樣子，山本先生也吃過這道餐點。

「是的，我要做成雞蛋粥。」

「收到了。」

大嬸還是老樣子，愛理不理地離開。

「山本先生，您特別愛吃蛋汁炸豬排嗎？」

他咧嘴一笑。

「點普通的炸豬排丼比較便宜，但這裡的小菜很好吃，對吧？定食附小菜，我想吃小菜，所以才這麼點的。」

說完，他像是忽然想起什麼大喊：

「啊，大嬸！我要燙青菜或涼拌的～」

「今天是小松菜，已經放上托盤囉～小哥你每次都這樣點嘛。」

笑著回答的是坐在吧檯前小酌的常客。

「還可以指定小菜啊。」

我下意識壓低音量問。

「這是常客的特權啦。」

山本先生露齒一笑。

「別看那位大嬸好像凶巴巴的，其實很細心喔。」

隔壁桌看來也是常客的大叔向他搭話。

「清粥御膳不會對胃造成負擔，還有許多幫助消化的小菜，想讓胃休息的人，很愛點這個呢。」

「雖然清淡，分量卻很多啊。」

另一位客人開口，店裡其他客人也笑了。山本先生用平時那張笑臉哈哈大笑。

結果，這天我們也沒談到工作的事。如果真的想談，我應該早就開口了。八成是我潛意識不想這麼做，不想破壞這份類似友誼的關係吧。等我們建立更堅定的信賴關係，晚點再談也不遲。如此一來，之後也比較好說話。我搬出這些理由，直到最後要離開時，都沒提到工作。

結束了短短一小時的飯局後，他和之前一樣打道回府。我本來想買單，但他堅持各付各的。就連這一刻，我也不想破壞這份近似友人的關係。

接下來的日子，我常常和他約在那間餐館吃晚餐。

飽餐一頓後，一起去公園聽街頭藝人演唱。

不知第幾次之後，他在公園不經意地開口：

「五十嵐先生，你真了不起呢。」

「什麼？」

山本先生「呼哈～」地吐出白色氣息。

「你完全不提工作話題呢。」

我倒抽一口氣。這一刻終於來臨了？從今以後，我和他會徹底變成「工作上的關係」。

「……我認為必要的時候，山本先生應該會主動開口……」

「我還是第一次遇到不拉業務的業務員，這下反而更讓人在意了，會擔心你的業績沒問題嗎？因為你是好人嘛。」

心臟一陣刺痛。

「沒這回事……」

好人——這是我從前最愛聽到的話。至今我都這樣誘導客戶，讓他們認為我是好人，藉此拿下亮眼的業績。每次聽到「好人」，我就知道「搞定了」。

怎知從這個人口中聽見「好人」，會讓我這麼痛苦。

「不強迫推銷，而是藉由好人品拿下業績，這樣子相當了不起喔。應該算業務典範？」

「不，我不像你說的那麼偉大……」

我不是這種人，不是你以為的好人。

這是我頭一次不想拿到訂單，不想和這個人談論工作，不想和他用交際應酬的方式聊天，不想用虛偽的友人臉孔對他笑，不想為了業績和他玩朋友扮家家酒。

因為這個人總是如此真摯地注視我。

「下次，請您來敝公司談生意吧。」

山本先生浮現溫柔的微笑，對我說道。

啊啊，變成敬語了，最近好不容易用平時的語氣說話的。我還以為我們真的變成朋友，相處時不需要戰戰兢兢。

「……還請您多多關照。」

我對他深深一鞠躬。

冷風刺骨，從裡到外凍僵了我的身體。

數日後，我前往山本先生任職醫院附設的咖啡廳。

山本先生坐在大聖誕樹旁的座位等我，還帶了一位三十出頭的男子。

聽說這名男子是剛成立活動企劃公司的年輕老闆，山本先生介紹我們認識後，咬耳朵對我說「比我這邊的生意更大筆吧」，說完就先行離席。

接著，我和這位年輕老闆開會討論，決定趕印預告新年活動的廣告單。

「跨年倒數活動前的廣告業務，我們本來都交給其他廠商印製，但他們家本來就不便宜，現在又想漲價，我們因此急著尋找替代廠商。這次承蒙山本先生居中介紹，救了我一命呢。」

「敝公司會傾盡全力，配合提案。」

我在祥和的氣氛與聖誕音樂中，努力端出做業務多年訓練出來的笑臉。

嘟鈴嘟鈴嘟鈴……

遠方傳來鬧鐘鈴聲。

啊啊，該起床了。

心裡想著這件事，記憶突然中斷。
接著，我在漆黑的房內驚醒。
拉開窗簾，外頭天色昏暗。
「四點半……」
我瞬間還以為天亮了。
窗外傳來孩童的嬉鬧聲，以及大人的斥責。時間是除夕下午四點半。我沒有大掃除，獨自待在昏暗的屋內發呆，覺得自己真是滑稽。
「我睡了這麼久啊……」
我拖著沉重的身軀，好不容易才離開床鋪。
身體彷彿被不知名物體包圍，宛如在沼澤中前進。
我知道，這是疲勞累積的結果。
本來累積在腹部以下，漸漸越積越高，如今已經淹到頸部下方。
再過幾個小時，新的一年就要到來。
但對我來說，並無太大意義。
沒有任何事物會改變，也沒有特別想做的事。

並不是迎接新的一年到來，就會看見希望。

對我來說，只是平凡無奇的日常又要開始。

最近我又時常淺眠，今天卻突然進入深層睡眠。

無從抵抗地墜入深層睡眠當中。

我偶爾會思考。

會不會某一天，我就這樣一直睡下去，再也醒不來——

不知時間過了多久，回過神來，昏暗的房內變得伸手不見五指。

這段期間，我始終坐在桌前發呆。

我努力抬起沉重的腰桿，走去開燈。

日光燈刺眼的光線，使我瞇起眼睛。

看看智慧型手機，有老家的未接來電，肯定是催我回家過年。回想起來，上次回老家，已經是前年過年的事了。

儘管知道差不多該回家露面，卻拖到現在還沒動身，錯失了回鄉的好時機。況且，我的父母主張一旦去城市打拚，就要努力融入當地；另一方面，我也被這冷漠的距離感救了。

不過，我還是姑且回訊告知：『我今年不回去，新年快樂。』
母親隨即爽快回訊：『真可惜，新年快樂。』
「至少吃個蕎麥麵應應景吧。」
我慢吞吞地換衣服，套上大衣。
徒步三分鐘可達的便利商店裡，聚集了數名像大學生的年輕人。
「你吃過蕎麥麵了嗎？」
「在家吃過了。」
「我還沒吃耶～你呢？」
「我也吃了。」
「真的假的？一個人在家吃泡麵蕎麥麵，會不會太淒涼啊？」
「會嗎？我家一直都吃泡麵蕎麥麵啊。」
「不會吧～」
「吃啦，這樣才叫跨年嘛。」
「也是～」
「我也來吃蕎麥麵吧。」

「你不是吃過了！」
「吃兩次又沒關係，比較一下泡麵蕎麥麵和手打蕎麥麵的差異啊。」
「根本不用比，當然是手打的好吃。」
「我也要吃。」
「你不也吃了泡麵蕎麥麵嗎？」
「有什麼關係？比較一下不同牌的泡麵蕎麥麵啊。」
「聽起來還不賴。」
「要在哪裡吃？」
「去我家吧。」
「你家很冷耶～」
「風會灌進屋子裡。」
「不准說風會灌進屋子裡！我家才沒那麼破舊好嗎！」
「沒辦法，就去你那間破公寓吃泡麵吧～」
「一點也不破好嗎！」
我背對這群年輕人，聽著他們熱絡聊天，什麼也沒買便走出便利商店。

真懷念。

我也有過這種時期。朋友裡有人住老家，有人搬出來自己住。

大學時結交了許多朋友，我自己的租屋處總有人賴著不回家。不久後也交到了女朋友，我幾乎沒什麼獨處的時間。

身為大學生的四年間，根本沒有空閒感到寂寞。

忽地，我想去那間定食屋瞧瞧，雖然除夕夜營業的機率應該不高。如果走到店門前卻發現沒開，我好像會連走路的力氣都喪失，就這樣陷入泥淖裡。

明明這麼想，回過神來，我卻已走到定食屋門前。

「有開耶……」

店面和平時一樣，點著柔和的燈光。莫名溫暖的光芒，彷彿對我說「你回來啦」。燈光從窗戶漏出來，將窗戶的形狀投射在黑漆漆的路面。

今天可是除夕夜啊，那位大嬸連除夕夜也不休息嗎？看來這間店應該是她家。她是不是沒有家人呢？平時在廚房幫忙的人，是一位比她年輕許多的男子，兩人看來既不像夫妻也不像母子。但今天是除夕夜，會不會只有她一人顧店？

我摸著定食屋的門，沒有推開，轉身而去。

總覺得，現在不該觸碰那股暖洋洋的空氣。

我快步離開，同時確信——

我很寂寞。

活到二十八歲，現在卻寂寞得不得了。

這些年，我拚死拚活工作，犧牲一切為事業打拚。

明明這麼努力了、努力討生活，但是，在這個除夕夜，我卻孤單又寂寞。

甚至前往常去吃飯的定食屋，尋求溫暖。

現在的我，一無所有。

我在公園漫無目的地走著，接著聽見歌聲。

「連除夕夜也在唱嗎……」

街頭藝人一如既往，聲嘶力竭地唱著。

我走過去，在吉他盒內丟入摺了四折的千圓鈔票。

我們對上眼神，他沒有停下歌唱，用眼神向我道謝。

我繼續散步發呆，回到稍早那家便利商店門前，走進店裡，抓起剛剛沒買的泡麵蕎麥麵。

回到家後，我煮了滾水，吃了蕎麥麵。

剛剛那群年輕人，應該也在吃蕎麥麵吧，但心境肯定和我大相逕庭。

三五好友鬧哄哄地吃飯，吃什麼都好吃。就連泡麵蕎麥麵，美味程度也跟手打十割蕎麥麵（註6）不相上下。

我現在吸入口中的蕎麥麵淡而無味，像咀嚼著疲軟的橡皮筋。

不知不覺，就這樣迎來新年。

電視爆出熱鬧的歡呼，外面馬路也傳來興奮的吼叫。

房間角落堆積著許多物品未碰，我注意到一個網路書店的紙箱。

箱裡是我定期購讀的文藝雜誌和想看的話題小說。學生時期，我同時加入室內足球隊和文藝社。文藝社裡大部分成員都在寫作，只有我不愛寫，只愛讀，常常幫社團成員修改文章，有段時期也嚮往過當文學書的編輯，不過，最後還是想把閱讀當成休閒娛樂而已。

出社會以後，工作耗掉的時間體力超乎預期，我不再踢室內足球了，但仍保持閱讀的興趣，看書成為療癒的時光。

明天也是假日，我大可以悠哉地把時間花在興趣上。

奇怪的是，我卻不再期待拆開裝著書的紙箱了。

明明之前收到書時，總是心懷雀躍地期盼下一個假日趕快來臨。

如今，我已對眼前這些堆積如山的紙箱不帶任何感情。

腦袋又悶又重，只想趕快睡覺。

累積在頸部下方的疲勞，好像已淹過喉頭，快要吐出來了。我得趁連假把它控制在腹部底下。

「睡吧。」

我再次鑽進被窩裡。

好不容易胃痛治好了，為什麼心情如此低落？

原因出自寂寞。

我大概知道問題出在哪裡，卻佯裝不知情。

終於，在未詢問聯絡方式的情況下，山本先生不再主動打來後，我們就此斷了聯繫。

註6 百分之百使用蕎麥粉和少量水製成的蕎麥麵，香氣馥郁，口感較無彈性，需要高度手打技術。

短暫的年假結束後，轉眼間過了兩星期。多虧山本先生介紹客戶給我，我接單的數量還算過得去。

「五十嵐，你總算找回工作節奏了！這次低潮好久啊。」

部長用力拍打我的肩膀。

「謝謝您的鼓勵。」

應該已經治好的胃，再度抽痛一下。

「不過啊，好像沒有人跟你一樣呢~鈴木，你從去年到現在到底在幹嘛？都在家裡睡大頭覺是不是？啊啊？」

收假後的這兩個星期，鈴木明明一直沒休假，早上比任何人都早進公司。

「鈴木，你沒事吧？別在意部長說的話。」

我輕拍他的肩膀。只見鈴木臉色蒼白，有氣無力地呢喃：「沒事……」

沒事的。沒事的。沒事的。

每天都會聽到這句話。

每天也都會說這句話。

但究竟有多少傢伙，正確使用這句話的意思呢？

「事實上不可能沒事吧？」

此時此刻，我很想這樣對鈴木說。

但說了又如何？

鈴木一定只會反覆說「我沒事」。

他恐怕快不行了。不只鈴木，部門裡的每個人，每分每秒都在挑戰極限。

不論過多久，我都不會升遷。

就算我再怎麼努力連續拿下業績冠軍，也沒有晉升為主管。

山本先生不再打電話來了。

最近部長十分暴躁，舉行月會的前一天總是這樣。

『往上爬會遇到更強大的力量。你只會被那股力量吞噬。』

我想起前輩說過的話。

前輩似乎說過，需要某樣東西。

『改變需要的是變化。為了變化而變，就像引爆劑。』

對，所以我一直想當引爆劑。

『憑現在的你是辦不到的。』

前輩的話語勒住了我。如同詛咒一般綁住我。
『你將逃不出那個輪迴。』
沒有這種事，我有能力改變職場。
也有改變世界的力量。
可是，在那之後，山本先生再也不曾打電話來。
嘟嚕嚕嚕……這時，外線電話響起。
我跳起來接電話。
「謝謝您的來電！是、是，請稍等。」
我把電話轉給部長，走出辦公室。
他已經不會再打電話過來了——

我打開緊急逃生梯的大門，倚靠著樓梯扶手。
頭頂上的天空一片蔚藍，宛如那個人的圍巾。
我想起那小子也曾常常繫天藍色的領帶。
『我沒有辦法改變世界！』

我忽然想起他的話語。

『我甚至無法改變這間公司、這個部門，也沒辦法改變任何一個人的心情。我就是這麼渺小又毫無優點的人類。』

那小子當時是什麼表情？

是啊，他已經看清了。

比我更加看清事實。

我卻沒有勇氣承認這件事。

沒有勇氣說那些話。

當時的他，一臉神清氣爽。

不知他如今人在何方？在做些什麼？

那時候該辭職的人，應該是我才對。

但我直到最後，連說句「抱歉」都辦不到。

只是隨便說聲「加油啊」，擺出前輩的姿態說些場面話，目送他離開。

「五十嵐先生……？」

我聽到聲音回頭，只見鈴木憂心忡忡地看著我。

「……你沒事吧？」

鈴木啊，這話輪不到你來說吧，怎麼可以連你也擔心我呢？

讓後輩來擔心前輩，成何體統？

「鈴木……」

沒事，我沒事。

「抱歉……」

溫熱的液體流過臉頰。

視野扭曲，鈴木的臉變得模模糊糊。

啊啊，抱歉，真的很抱歉。

對不起，我是這麼無能的前輩。

「我好像……不太好……」

青山，我多麼希望你現在在某個地方，過著幸福快樂的生活。

產生這種想法的自己，是多麼自私自利的人類啊。

接著又過了兩星期，某個假日。

正當我專心解決那些之前完全沒碰、堆積如山的購書紙箱時，母親傳來訊息。這是自除夕夜以來的訊息了。

『你感冒了嗎？』

唐突的內容使我顰眉。

「為什麼突然這麼問……」

我打字回覆：『沒有。為啥這麼問？』

『我夢到你感冒了。』

母親簡短的回訊，令我不禁失笑。

「預知夢喔？拜託別這樣。」

我思索該如何回應，母親罕見地繼續傳訊過來。

『回ㄐㄧㄓ怎樣？』

「啥？」

這是什麼鬼暗號？回……是要我回電嗎？

緊接著，手機鈴聲響起。

「喂？」

『啊，喂喂？諒？』

「除了我，還會有誰？」

『我是阿母。』

「我知啦。」

『黃金週到底要怎麼打字出來呀？我輸入好幾次都跳掉。』

哦哦，搞啥啊，原來是黃金週。

「黃金週怎樣？」

『你很久沒回家了，黃金週呢？又要工作嗎？』

「妳在生什麼氣？」

『我沒生氣呀，但你阿爸差不多要發怒囉，你至少回來露個面。』

「現在才二月耶，離黃金週久得很……」

就算個性急躁，也未免太急了吧。

『一下子就到了啦，你趁現在和老闆說要休假啊。』

母親說得理直氣壯。

又不是打工……

「……好吧，我考慮。」

『嗯，那阿母要趕去弄頭髮囉。』

誰管妳啊，不是妳自己打來的嗎？我忍不住苦笑。

「好啦好啦，再見。」

『那我跟你阿爸說你黃金週會回家喔。』

「咦！不要說啦！又還不確定，受不了耶！」

『哎呀，不錯嘛，你還會說關西腔呀。』

母親超級我行我素，令我無言。她交代完幾句話，爽快地說「再見」，掛斷電話。

「……我怎麼可能忘記關西腔嘛。」

我將手機用力放在地上，喃喃自語。

雙親一定以為我一輩子都不回老家了。

事實上我也有此打算，所以，我很感謝父母認定「反正兒子不會回家」。他們至今不曾命令我回家，我樂得輕鬆。

不知是幸或不幸，雙親屬於我行我素的類型，凡事看得很開，極少情緒化。

「連他們都要生氣了……」

是嗎？我讓脾氣那麼好的父母，終於忍到要發脾氣了啊。

「我都沒發現……」

我躺倒在地，望著白晃晃的天花板。

當天晚上，我時隔多日，造訪除夕夜以來就沒去過的定食屋。

大嬸一如既往，端水過來。

「那個，我要點蛋汁炸豬排定食。」

大嬸停頓了一下。

「治好啦？」

「咦？」

一樣是那張愛理不理的臉。

「胃不痛啦？」

我瞬間屏息。

「是的，託您的福。」

「很好、很好。」

大嬸說著，開心地笑出來，令我萬分訝異。

「那就做蛋汁炸豬排喔。」

我是否因為那張笑臉，露出吃驚的表情呢？

常來光顧的男子，從隔壁桌壓低音量對我說：

「這裡的老闆娘啊，很怕生又害羞喔。許多人說她這樣不適合做生意，可是你看，這裡生意挺好的對吧？人生真的充滿未知數啊。」

男人咧嘴一笑。

「您說的是。」

我依舊感到吃驚，如此回答他。

「不過，也不到山珍海味啦，就是家的味道吧。大概因為這樣，每天吃也吃不膩。店裡的氣氛也挺舒服的，是吧？」

「是，這家店很舒服。」

男人說著「嘿咻」起身，朝我走來。

「胃痛跟壓力有關吧？現在的年輕人真辛苦啊。恭喜你治好了。」

他把手放在我的肩上。

「不過，我很羨慕你喔。現在開始想做什麼都不嫌遲。」

他咧嘴笑了笑，說聲「吃飽了～」轉身離開。

我默默點頭致意，然後靜靜低下頭，久久無法抬起。

眼窩深處有一股熱流湧上來。

水滴落在老舊的餐桌上。

不是有這麼多溫柔的人關心我嗎？

他們一定一直圍繞在我身邊。

只是我至今視而不見，不是嗎？

是我不肯正視那些溫柔關心我的人，不是嗎？

我現在可以誠心祈求他人健康平安了嗎？

眼前如果有人幸福美滿、事業有成，我能夠發自內心祝福他們嗎？

眼前如果有人開心歡笑，我能夠認為他們惹人憐愛嗎？

以後，我能夠好好愛上某個人嗎？

未來的事難以預料，只有一件事我很肯定。

那就是，不能再這樣下去了。

我不能再這樣下去了。

內心發出什麼東西鬆動的聲音。

嘟鈴嘟鈴嘟鈴……

我把手伸出棉被，按停鬧鐘。

最近起床的情形大有改善，真是太諷刺了。

接下來的每天早晨，我都最早進公司。

我想維持良好的出勤狀況，直到最後一天。

「鈴木，我有事找你。」

鈴木還是老樣子，臉色蒼白地說「是」，來到桌前。

「我想把這位客戶交接給你。」

我將整理好的報告交到鈴木手中，裡面記錄了至今的往來摘要。

「這是……」

鈴木看著資料，喃喃自語。

「現在如日中天的活動企劃公司，定期會向我們下單。老闆年輕有衝勁，而且人很好。」

「可是我……」

鈴木困惑地開口。

「今天有約，我帶你一起去。從現在起花點時間，建立你們之間的信賴關係。」

「為什麼是我……」

「因為你做事認真，值得信賴。有什麼狀況我會罩你。」

鈴木臉上寫著大大的「不明白」。

「不過，如果……如果你覺得撐不下去了，到時就用自己喜歡的方式過活吧。」

鈴木錯愕地看著我。

我努力端出最好的笑臉迎向他。

剛開始的時候，我是真心相信可以改變。

我是真的這麼以為。

發自內心相信總有一天，我一定能拯救大家。

但事實上，我什麼都辦不到。

我沒有那種力量。

我總算肯承認這件事了。

不過，即使渺小如我，也有能改變的東西。

我能改變的東西只有一個。

「自己的人生，只有自己能改變。」

鈴木表情一鬆，似乎微微笑著。

「這是青山教會我的道理。」

希望鈴木眼中的我，看起來也是發自內心而笑。

我如此祈禱。

那天，我第一次坐在吧檯席。

「我要蛋汁炸豬排定食。」

「收到了。」

大嬸還是一樣冷冰冰的。

比較高的吧檯椅，使我看見略微不同的店內風景。

我重新端詳這間老舊的小餐館，半晌後開口：

「以後我可能無法來了。」

大嬸輕輕瞥了我一眼。

「我下個月要回老家。」

我半是自言自語地繼續說：

「不過，我還沒跟父母說。他們辛苦存了錢，供我來這裡讀大學，我卻沒有闖出名堂，就想半途而廢回鄉，他們說不定會很失望。想到這裡，我就難以啟齒……」

大嬸站到我面前。

「拿去吧，蛋汁炸豬排。」

黑色托盤上桌，熱氣輕輕掠過鼻尖。今天的小菜是涼拌油菜。

「我開動了。」

我啪咯一聲分開竹筷。

「做父母的，只要看見孩子開開心心吃飯，就很幸福了。」

聞言，我驚訝地抬起頭，但大嬸已經走開了。

「謝謝您……」

我吸了吸鼻子。感覺只要低頭，眼淚就會滴落在吧檯上。

涼拌油菜滲出微苦又溫柔的春天氣息，豬排和平時一樣美味。

大嬸只對我說了這些話。

我把定食吃得一乾二淨，放下筷子說「我吃飽了」。

大嬸和平時一樣，態度冷淡地收走餐盤，小聲說「有機會再來」。

離開定食屋後，我按照平日習慣，走去那座公園。

今天難得沒看見那位街頭藝人。

和煦微風取而代之地迎面拂來，捎來春天的氣息。

抬頭望見的天空，和那個人的圍巾一樣，明亮蔚藍。櫻花樹細細長長伸展的枝頭上，冒出了幾顆圓滾滾的花苞。

二月十七日（五）

米田圭吾的處境

鬧鐘鈴聲在遠方響起。

和平時一樣，傳入耳裡的聲音越來越響，徐徐將意識拉回「這個世界」。意識回來後，首先感受到喉嚨的不適。又乾又渴，好像快破了，感覺很噁心。唉，這時候不小心可能會感冒。我在腦袋尚未清醒、身體彷彿被重力拖住的情況下，從床上伸出右腳，踩向地面。

「……好冷！」

身體忍不住發抖，同時，腳尖踢到堅硬的物體。啪沙！文庫本堆成的小山崩塌，如雪崩一般，散落在狹小的單間套房。

放下左腳時，我小心地避開它。接著，右腳踏出一步，這次踩到厚重單行本的書角。

「好痛……」

堅硬的單行本書角刺到足弓，我忍不住大叫。

起床後的一連串動作，已經模式化了。

首先打開電暖氣，去上廁所，刷牙洗臉，順手把頭髮打濕。就著瓶口喝幾口打開後便擱在房間的兩公升寶特瓶裝水，從冰箱拿出果菜汁，不碰到嘴唇直接倒進嘴裡。然後，邊啃買來囤放的棍狀點心小麵包，邊在電暖氣前脫下睡衣，穿上事先溫過的襪子、長褲，套上襯衫。接著，拿起第二個點心麵包，邊吃邊扣上鈕釦。最後，邊咬第三個點心麵包邊打領帶。完成上述步驟後，移動到洗臉台前。打濕的頭髮已經乾得差不多，收斂了翹起的髮尾。我稍微用吹風機吹過，讓它全乾，再用髮蠟撥順。最後，用肥皂洗淨沾上髮蠟的手掌，披上外套，拿起公事包。確認手機有充飽電以後穿上大衣，將手機放入口袋，穿上皮鞋，走出家門。以上步驟約花費半小時。

「……以防萬一，還是先吃藥吧。」

我重新打開玄關大門，脫下鞋子，回到房間，服下感冒藥，為此多花了一分鐘。所以，前往車站的五十公尺，我調整為小跑步前進。

電車裡一成不變地擁擠，工作也是一成不變地忙碌。

平凡無奇的星期五。我迅速解決平時可能會加班的業務量，盡早下班。

「我先走了。」

這句話基本上是朝上司的方向喊。上司眼睛不離電腦，心不在焉地應道：

「哦，辛苦了。」

「要去參加酒聚？」

擦身而過時，後輩的聲音傳來。

「嗯，算吧。」

「看你心情很好耶。」

「咦，有嗎？可能因為一陣子沒見了吧。」

後輩笑嘻嘻地說「要好好玩喔」。

我說聲「辛苦了」，快步走去搭電梯。

約莫半小時前，手機收到訊息，我小跑步前往會合地點。

「哦哦，辛苦啦。」

五十嵐看見我，輕輕舉起一隻手。

我和五十嵐是在大學認識的，當時他是室內足球隊隊員。五十嵐個性開朗，人緣又好，我本來以為我們不是同一掛的，想不到過沒多久，他便加入我參加的文藝社。在這個熱愛寫作的人占大多數的社團裡，五十嵐專門負責讀。他能精準修改文章，又有天生的親和力，一下子就打入我們文化社團的小圈圈。

時隔半年不見，我們約在有點時髦的高級燒肉吧見面。

因為五十嵐說「好久沒吃肉了，我想吃肉」。

與好友相聚的愉快時光總是眨眼即逝。店面位在半地下室，吃完爬上樓梯，冷空氣霎時奪走好不容易變暖的體溫，我從齒縫間輕輕吸氣。

「這家店挺不錯的，肉很好吃。接下來去哪？」

五十嵐停下腳步，沒有回答。

「怎麼了？」

「抱歉，我把東西忘在店裡，我回去拿。」

只見他急急忙忙地折返店裡。

我在外頭靜待一陣子，但五十嵐遲遲沒回來。我終於等不下去，走下樓梯確認，只見五十嵐站在收銀台前。

「咦，在結帳？為什麼？」

我一叫他，他少見地露出慌張的表情。

「你跑回來幹什麼！」

「沒幹嘛啊，看你很久沒回來，我以為有狀況。到底怎麼了？」

「嗯，不好說……」

五十嵐皺起眉頭，苦澀又彆扭地開口：

「嗯……別桌的……」

「別桌？」

「啊啊……總之……是我公司之前的後輩……」

「啊？喔，那去打聲招呼啊。」

「不！不用了。」

「哪一桌啊？」

「就說不用了！」

五十嵐結完帳，迅速帶頭走出去。我偷偷瞄了一眼放在收銀機旁的發票，金額挺大的。桌號寫著C6。我在餐飲店打過工，知道C是吧檯的縮寫。從吧檯的位置看不見收銀台。我偷看店裡，寬廣的吧檯前，分別坐著兩名女子和兩名男子。兩名女子看來是二十幾歲的粉領族，兩名男子同樣是二十來歲的年輕人，一位穿西裝，一位穿便服。確認這些情報後，我追著五十嵐離開店家。

「你瞞著他們結帳嗎？也太會耍帥了吧。」

「才不是咧。」

他露出尷尬的表情，我賊笑問道：

「女人嗎？」

「不是。」

五十嵐間不容髮地反駁，態度一樣尷尬，難得用含糊的方式說：

「問你喔……如果討厭的傢伙說要請客……你會高興嗎？」

「咦？這是什麼問題？」

「沒有啦，只是問問……」

「嗯……應該不怎麼高興吧。」

「我想也是……」

五十嵐明顯沮喪地垂下肩膀，「唉……」地深深嘆氣。

「你到底怎麼了？」

「沒事……我究竟在幹嘛呢……」

「別瞞我了，是女人吧？」

「真的不是啦，不是那麼開心的事。」

五十嵐再次大聲嘆氣。

「難得看你喝得這麼醉耶。」

我扶著五十嵐推開玄關門，他好不容易脫下鞋子，隨即衝去廚房，抱住流理台。

「喂，不准吐在那裡！要吐去廁所吐！」

「我沒事……啊～這下不妙……水，給我水……」

五十嵐順手抓起放在廚房的兩公升寶特瓶。

「喂，等等，那瓶我都直接對嘴喝耶。」

「沒差啦。」

上次他來我家，真的已經是好久以前的事。

要不是他今天少見地喝到爛醉，本來應該也沒機會來。

「開新的水喝啦。那瓶水放很久了，說不定壞掉了。」

「現在是冬天，不會有事。你不也在喝嗎？」

五十嵐搖晃著兩公升寶特瓶說。

「我喝不會有事。」

「你到底多鐵胃啊？真的沒問題嗎？」
這般鬥嘴，也讓我想起大學時代。
「也不到鐵胃，我腸胃不好。」
我從瓦楞紙箱抽出未開封的瓶裝水，回頭準備交給他，發現他打開了冰箱。
「冰箱裡沒啥好喝的喔。」
「……這個呢？」
五十嵐從冰箱拿出那瓶果菜汁。
「你對嘴喝過嗎？」
「沒有，那瓶可以。」
雖然沒有特別倒進杯子裡，但我都是隔空喝，沒有沾到口水。
「果菜汁你就比較小心呢。」
「因為，總覺得果菜汁特別容易壞掉，不是嗎？」
「有嗎？」
感覺五十嵐的臉色微微一沉。
「我說和水相比。」

我說完後，五十嵐盯著果菜汁說：

「大部分的東西和水相比，都是這樣吧。」

「要喝嗎？」

我拿出一只玻璃杯，放在流理台。

五十嵐回道「好啊」，伸手拿起。

「水喝這瓶。」

我將全新的兩公升瓶裝水一併放上流理台，同時拿走已經開過的那一瓶，直接就著瓶口喝。

五十嵐把新的水倒進杯子裡，凝視杯子。我忍不住說：

「那瓶沒壞喔。」

只見他盯著杯子呢喃：「我啊……」

「怎樣？」

「我要回老家了。」

他爽快地說罷，咕嚕咕嚕大口喝光杯子裡的水。

「……是嗎？」

我在空的杯子裡加水，五十嵐作勢要喝，喝前又靜止不動。

「不好意思啦。」

這是在感謝我替他倒水嗎？還是因為返鄉而愧疚呢？答案不得而知。

「……為什麼道歉？」

五十嵐低語「沒有啦……」，默默喝水。

回老家，這句話意味著辭職。

「父母還硬朗嗎？」

「嗯，老樣子。」

五十嵐回答之後才「啊！」了一聲，意會過來，補充說明：

「他們沒事，我不是因為這樣才回去。」

「什麼時候出發？」

面對我的問題，五十嵐淡淡回答：「差不多四月吧。」

也就是說，只剩下一個半月。

「做到會計年度結束嗎？」

「是啊，這樣比較好告一段落。」

我心想，好認真啊，很像五十嵐的作風。
五十嵐慢慢環視屋內一圈，露出微笑。
「……還是老樣子，書真多呢。」
「是啊，舊的一直沒清，不知不覺間越積越多。」
「你現在還是常看書嗎？」
五十嵐這次在喝完水的杯子裡倒入半杯果菜汁。
「勉勉強強有在看，量比以前少很多就是了。」
「真了不起……」
說這句話的五十嵐，看起來有點落寞。
「有嗎？我和你不同，是個無趣男子，又討厭出門。」
「看書是很偉大的興趣喔。」
五十嵐咕嚕咕嚕灌下果菜汁，禮貌地把杯子洗乾淨。
「我睡哪好？」
「那邊借你睡。」
我指著床。

「不行，我睡地板就好。借我一條毯子。」
「沒關係，我睡地板。」
「你不是有點感冒嗎？」
五十嵐的視線瞥向桌子。
桌上還放著感冒藥。
這傢伙從以前在這種地方就特別細心。
「我可不要你到時候感冒惡化，怪到我頭上。」
「我才不會。」
我從床上抓起棉被說「拿去」，放在地上。
「借我毯子就好。」
五十嵐捏起地上的棉被說。
「棉被比較好吧？」
「與其蓋這種濕氣重的薄被子，毯子還比較『溫』。」
「才沒有咧，這好歹是羽毛被。」
我用力捲走五十嵐捏起的被子。

「拿去。」

我難以認同地遞出毯子，五十嵐說了「哦～」接過。

就在這一刻，我想起一件事。

「溫……」

跟五十嵐一起抓著毯子的我，呵呵笑出來。

五十嵐詫異地說：「嗯？」皺起眉頭。

「溫，我已經知道這個說法了。」

說完，五十嵐停頓一秒，哈哈大笑。總覺得好久沒看到那張笑起來有魚尾紋的笑臉。

我們是在大學認識的，當時五十嵐剛來東京念書，不知道「溫」算是關西的說法。來自關西的同學，說話多半帶有關西腔，只有五十嵐打從剛認識就說著一口標準語，因此，直到聽到他說出「溫」之前，我都以為他是關東人。

「話說回來，當時也是聊到棉被呢。」

我一說，五十嵐再次笑出魚尾紋。

當時，住家裡的我，時常跑去在大學附近租屋的五十嵐家借住，直到初秋都蓋浴巾睡覺，照樣睡得很好。

等到寒風刺骨的季節，五十嵐朝我扔來一條薄薄的毯子說：

「這個很『溫』喲。」

「什麼？」

我完全聽不懂他在說什麼。五十嵐理所當然似地重說一遍：

「那條毯子很『溫』。」

「什麼？」

「啥？」

五十嵐困惑地皺眉，大概以為我在耍他。

「你說的『溫』，是『暖』的意思嗎？」

我一本正經地發問，五十嵐靜靜盯著我半晌。

接著，他把頭轉過去，尷尬地看向旁邊，小聲說：「這邊不說『溫』嗎……」當時，他紅冬冬的耳朵從略長的咖啡色頭髮間露出來，令我一陣爆笑。

「是說，你那時幹嘛隱瞞自己是滋賀人啊？」

「我才沒有刻意隱瞞。」

「那你能正確畫出琵琶湖的形狀嗎？」

「當然啊！」
五十嵐說道，我們一同放聲大笑。
溫——我已經完全搞懂這個字所代表的意思。
「真拿你沒辦法，我幫你開空調吧。」
我從書本的縫隙間，挖出埋住的遙控器。
「你平時不開嗎？」
「電費很貴啊，平時都用那個。」
我指著小小的電暖器。
「看起來好冷。」
五十嵐故意瑟瑟發抖。
「少瞧不起貧窮的地方公務員喔。」
「我們不是薪水差不多嗎？」
「別傻了，肯定是你賺得比較多。」
五十嵐苦笑。
「可是，未來很穩定吧？很快就會超過我的收入。」

「難說啊～」
「對了，這樣到底要我睡哪裡？」
五十嵐拿著毯子打量腳邊。
「那邊不是有空位嗎？自己避開書。」
「拜託你平時整理一下。」
「是你臨時跑來耶。」
五十嵐一面碎念，一面將書山推到房間角落。
「你還在寫嗎？」
他忽然想起什麼似地問。
「不，已經沒寫了。只讀不寫。」
「你不寫小說了嗎？」
五十嵐在清空的地板鋪上毯子，捲起毯子躺下來。
「是啊。我關燈喔。」
「好。」
當房間被黑暗包圍，五十嵐幽幽地說：

「我很喜歡你寫的故事。」

「哦？」

在我心中，那已成為遙遠的往事。

稍作沉默後，五十嵐再度開口：

「是說，我也好久沒在別人家的地板上睡覺了，背好痛啊。」

「所以我才說要借你棉被嘛。」

經他一說我才想起，我也好久沒讓朋友借住我家。

「那時候，我常跑去你家住呢。那時好羨慕你自己住外面，現在卻覺得好麻煩。」

我是本地人，大學時代住家裡。五十嵐則是離鄉背井來求學，以前住在比這裡更小、更便宜的出租套房，我常常借住他家。

那間便宜的套房，對當時的我而言，象徵著自由。

五十嵐喃喃開口：「那時候啊……還在當學生的時候……」

「嗯。」我在黑暗中應聲。

「當年，大夥跑去朋友家玩，一起睡地板是常有的事呢。自己住的同學通常沒有多的棉被。」

「對耶。年輕真好，睡地板也能睡得那麼熟。」

明明才經過沒有多少年，感覺卻像隔了數十個年頭那麼久。

「冬天是怎麼過的啊？連寒流時也住你們家嘛。」

多麼令人懷念的時光。

「啊～對了，你是不是買了電暖桌？說棉被不夠用，會害大家感冒。印象中還鋪了地毯。」

五十嵐從那時起就是個貼心的傢伙。

「哦，對啊。沒錯，買了。你記得真清楚。」

「特地為借住的朋友買了電暖桌、鋪了地毯。你自己在外面住，身上沒什麼錢，卻那麼懂得照顧人，我當時很佩服你呢。」

「還好吧，我自己也會冷啊，買著備用。」

五十嵐呵呵笑道。

「那張電暖桌已經不在了嗎？」

「對啊，早就丟掉了，搬家後占位子，而且有空調啦。」

五十嵐在正式踏入社會以前，就比任何同學都早搬離便宜的學生套房，改租公寓。巨大笨重的電暖桌，不適合擺在小而整潔的新家吧。時髦的沙發取代電暖桌，坐鎮在五十嵐的新房間。

「總覺得有點可惜呢。」

「……會嗎？」

「只蓋毯子會不會冷？要不要把空調溫度調高一點？」

五十嵐沒有回答，我以為他睡著了，所以也默默閉上眼睛。寂靜持續了一會兒，黑暗中再次傳來五十嵐咕噥的聲音：

「問你喔，你現在工作快樂嗎？」

「……我看起來像快樂嗎？」

「我想也是。」

五十嵐莞爾一笑。

又過了片刻，五十嵐「哎……」地小聲說。

「嗯？」

「工作真不容易啊……」

我還是頭一次聽到五十嵐吐苦水。

「我……是從何時開始變成這樣……」

「……這樣是指？」

「就是……」

五十嵐說到一半停下來。

我也沒有繼續追問。

透過空氣，可以感覺到五十嵐壓抑著音量在哭。

我怕他顧慮我，於是刻意移動棉被發出窸窣聲，轉身背對他。感覺他一動也不動。

五十嵐在中小型印刷公司上班，聽說長踞業績排行榜冠軍，但這間公司很會壓榨員工。在某個時期，我也聽他本人說過，如果有機會，想跳槽去條件更好的公司。

我始終認為，憑五十嵐的條件，轉換跑道不是問題。這傢伙從前在學校就文武雙全、人緣極佳，不論做什麼都很能幹，還是個帥哥，很受女孩子歡迎。

直接跳槽去同行很好理解，轉行做其他產業應該也不錯。但是，要回老家啊……該怎麼說呢？這個決定令人相當意外。

片刻後，傳來五十嵐的鼻息，我總算放下懸著的心，意識就此中斷。

隔天早上，五十嵐比我早清醒，去便利商店買了早餐回來，還替我添購新的果菜汁。禮數周到，很像他的作風。

「你為什麼想回老家呢？」

吃早餐時，我問五十嵐。

「該怎麼說……我發現，自己其實是果菜汁。」

五十嵐望著裝果菜汁的杯子說。

「你在說什麼？」

「很容易腐壞。」

「咦？」

「看上去很優，輕輕鬆鬆就能補充營養，但很容易壞掉。」

「什麼？」

「沒發現早就壞掉了，仍繼續喝著。不對，是誘使人繼續喝著。假裝喝了有益健康，欺騙我們。喝下去的傢伙可慘了。」

「糟糕，我完全聽不懂。」

我苦笑著拆開五十嵐買給我的可樂餅麵包。

「就是這樣。不過，你可以放心。」
「什麼？」
五十嵐從包裝袋取出鮪魚麵包。
「因為你是水。」
「水？」
「即使直接對嘴喝、放在常溫下，都不容易壞掉。」
我們一起咬下麵包。
「……這是在稱讚我嗎？」
「是稱讚、是稱讚。」
五十嵐笑著說。
「水啊……」
我把吃到一半的可樂餅麵包擱在桌上，想去泡杯即溶咖啡，按下放在廚房的小插電式熱水壺。這是五十嵐換新家具時，用不到而送給我的熱水壺，是我的寶貝。
「但要小心喔。哪怕是水，該壞掉時也會壞掉。」
背後傳來五十嵐的聲音。

「咦？這次換成損我啊？」

「不是，只是關心你。」

五十嵐一樣笑著說。

「那還真是多謝你。」

「偶爾留意一下吧，瓶裝水。」

「喔……欸，我還是聽不懂你的意思。」

我將泡好的兩杯咖啡端上桌。

「從念書時好到現在還會見面的朋友，大概只剩下你吧？至少讓我在你面前裝成新鮮的果菜汁。」

五十嵐裝模作樣地啜飲咖啡。

「夠了，從大清早就瘋狂比喻，你到底在演哪齣？你何時變成這種中二文青？」

我傻眼地咬一口可樂餅麵包，五十嵐「呵呵呵」地笑出來，大概也覺得自己說的話很好笑。

「……你沒事吧？」

五十嵐狂笑一陣子之後，看著我說：

「嗯，我沒事。」

他的表情看起來，似乎放下了包袱。

後來，我們隨意打開電視，慵懶地殺時間。

「等我回老家，也來悠哉看書吧。」

五十嵐望著我房內堆積如山的書本說。

「好啊，既然這樣，我送你幾本當餞別禮。」

「餞別禮給錢就行了。」

「喂喂，你這是什麼態度？不要敲詐窮人好嗎？你賺的比我多耶。」

我也重新端詳高高疊起的書堆。

「不過，送書好像會妨礙你搬家。」

五十嵐坐著伸出手，把書掃向自己。

「沒關係，送我兩、三本書吧。我在回家的新幹線上讀。」

五十嵐拿起幾本書說。

「好啊，你想拿哪本都行。」

「幫我挑。不是餞別禮嗎？」

「真麻煩。」

我「嗯……」地發出沉吟聲，茫然地撿起散亂的書本。忽然要我推薦，我一時也不知道選哪本。

「……好吧，我四月前會挑好。」

相較於皺眉苦思的我，五十嵐微笑說：「我很期待。」

隔天起，我一有空就往書店跑。

太愛看書的缺點是喜歡的書太多，突然要我推薦，我一時之間也不知道選哪本。既然要挑，我盡量想挑可能引起那個人共鳴的書。

我想挑一本書，祝福五十嵐邁向新人生。

我先將書名吸引我的書悉數買下，一本接著一本讀。

但每一本都覺得普普通通，沒有敲響內心深處的感受。

兩週後的假日，我決定去市區的大型書店瞧瞧。

然後，在書店遇見某人。

一名男子在收銀台前結帳，年紀看起來小我幾歲，中等身材。

「好像在哪見過……」

不是我自誇，記人臉是我的拿手絕活，說是小小的特技也不誇張。

「啊……對了，我想起來了……」

他是那天坐在高級燒肉店吧檯前的兩名男子中的其中一人，穿便服的那一個。今天也和那天一樣，穿著好似大學生的輕便服裝。

五十嵐說是公司之前離職的後輩，疑似偷偷替他買單。

既然他說不是女人，肯定就是這個小夥子吧。

男子通過我眼前，即將走出書店。

「那個……不好意思！」

我忍不住從後方叫住他。

「是。」

男子回過頭。

還沒想到下一句該怎麼接的我，頓時一陣慌張。

「呃……那個……我是……啊，敝姓米田。」

「是……？」

男人詫異地望著我，恐怕正在腦海裡翻找「認識名單」。
雖然憑著一股衝動叫住對方，但是，接下來該怎麼做呢？
「那個，請問……您是不是認識五十嵐諒？」
男人用力眨了兩、三次眼睛，筆直瞅著我，回答「是的」。
可是，我仍不知該如何接話。
「呃……唔……」
我一面支支吾吾，一面覺得自己超像可疑人士，這時男人主動問道：
「五十嵐前輩怎麼了嗎？」
他的表情充滿擔憂，不像什麼壞傢伙。
我下定決心。
「真是抱歉，突然打擾，方便耽擱您一些時間嗎？」
我指著書店正門前的咖啡廳。

「那天幫我結帳的人，果然是五十嵐前輩啊！」
我大致告訴他事情的經過。說完，靜靜喝咖啡聆聽的他，表情豁然開朗。

「唉，我一直覺得很奇怪，想不透到底是誰。」

男人露出開懷的笑容，喃喃說著：「原來是前輩。啊，解開我心頭的疑惑。」

「我當時還跟身邊的友人一起尋找犯人……啊，不是犯人啦。嗯，怎麼說呢……總之，尋找『神祕人』。朋友還說『一定是某位女社長對我一見鍾情』。哈哈，我要告訴他：『不是你喔。』」

男人說了這麼多，輕輕放鬆嘴角。

「是嗎……原來是他啊……」

他的表情看來有些高興，也有些寂寞。

「啊，我叫青山隆，目前正在轉換跑道，和學生沒兩樣，所以沒有名片，抱歉。」

他客氣地敬個禮。

「太客氣了。我叫米田圭吾，和五十嵐是大學好友……啊，不嫌棄的話，請收下。」

我遞出名片。他說「謝謝您這麼有禮」，收下名片。

「五十嵐前輩最近過得好嗎？」

「啊，是的……至少精神不錯……」

坐在對面的他，表情略微黯淡下來問道：

「怎麼了嗎？」

「嗯，總覺得他最近怪怪的，以前很少看見他沮喪沒自信……對了，那天在燒肉吧幫你結帳時也是，感覺無精打采的，還說『被討厭的傢伙請客應該不高興吧』之類的話。平時他總是面面俱到，雖然也許是在逞強，但總之不會輕易示弱，所以，我不禁擔心他怎麼了……」

「這樣啊……」

青山稍稍垂下眼簾。

「我還在公司的時候，和他發生了一些事，但我應該也有不對的地方。五十嵐前輩一定也被逼到無路可退，恐怕到現在仍耿耿於懷……我無法告訴你當時發生了什麼過節，對不起。」

青山先生誠懇地告訴我。

「五十嵐前輩從我剛進公司時就非常照顧我，每次我被部長罵，他就找我去喝酒散心，也仔細教導我工作上的細節，並在我出錯時替我說話……我深信當時那份熱情，絕對不是裝出來的，是我太遲鈍，沒能察覺他的心逐漸失衡。我過度仰賴他了，心裡想著反正前輩會站在我這邊。我什麼都仰賴他幫忙，卻以為自己已經獨當一面。」

之後肯定發生了什麼事吧」。

我靜靜聆聽青山先生說話。

「我現在過得很充實喔。這麼說有點奇怪，不過，每天的充實程度遠超過上一份工作。所以，我不再怨恨任何人了，也不希望有人因此自責。如果沒有和五十嵐前輩發生過節，也許我現在還在那家公司工作，遲遲不敢辭職呢，光想就毛骨悚然。所以，雖然這麼說有點矛盾，但就某方面來說，我很幸運能辭職，這也是託五十嵐前輩的福。」

青山先生說話時，看起來神清氣爽。

我們約莫聊了二十分鐘，我再次向他道謝。

「抱歉，今天突然叫住你。」

青山先生說著「哪裡、哪裡」，在眼前擺擺手，突然呵呵笑出來。

「對不起。我只是想到，自己真常被陌生男人搭訕，都不是女人跟我搭訕。」

「你常常在路上被叫住嗎？」

「嚴格說起來，這是第二次。」

語畢，他微微一笑，看起來是個相當善良的年輕人。

「五十嵐前輩他……」

說到一半，青山先生噤口。
「還是先不說吧。等哪天時機成熟，我再主動找他。」
「啊……」
我瞬間迷惘。
該不該告訴他五十嵐即將返鄉呢？
不，總覺得不該繼續由我出面干涉。
青山先生似乎察覺我的猶豫，問道：「怎麼了嗎？」
再三掙扎後，我依舊回答：「不，沒事。」
青山先生稍作思量，從口袋拿出小筆記本和筆。
「我隨身攜帶。」
「真了不起。」
青山先生寫起字來。
「米田先生，您還會見到五十嵐前輩嗎？」
「是的，這我可以保證。」
「那麼，請幫我將這張紙交給他，說是我給的。」

他將摺得小小的筆記紙交到我手中。

「明白了，我一定給他。」

我樂觀地想著，這東西應該會是解決問題的出口。

與青山先生道別後，我馬上傳訊給五十嵐。

『哪時再來約吃飯？我有東西要交給你。』

『下星期六吧，晚上八點左右？』

『ＯＫ。』

我不清楚具體來說發生何事，然而青山先生的離職，恐怕和五十嵐有關。五十嵐會偷偷結帳，八成出自罪惡感；除此之外，也有被厭惡的自覺。五十嵐和青山先生之間，恐怕發生過衝突，而且問題出在五十嵐身上。我和他也是約莫半年前開始減少見面，可能那時候他就出狀況了。

青山先生說他在十一月離職，在那之後，五十嵐持續責怪自己，最後決定要辭職——是這樣嗎？

因為在東京上班到身心俱疲，才想返回老家——這麼解釋也說得通。

「好吧……我該怎麼開口呢……」

我盯著掌中小小的紙條。

「咦？書呢？」

到了見面吃飯當天，五十嵐看我兩手空空赴約，馬上問道。

他好像以為訊息裡說的「有東西要交給你」就是我挑選的書。

看來，他比我想像中還期待收到書。

「啊啊，書要請你再等一下。」

我邊說邊想，似乎可以順勢帶出話題。

總之，我們先進餐廳坐下，點了這裡最有名的海鮮鍋。我趁著煮火鍋的期間，帶出話題。

「對了，我正在幫你挑書喔。上次跑去大型書店找書，在那裡遇到一個熟面孔。」

我邊將火鍋料往鍋子裡塞，邊循序漸進地切入正題。

「可是，我一時想不起他是誰。」

「真的啊？以你來說還真難得。」

五十嵐知道我的特技。

「我努力回想那個人是誰，看他快要走掉，忍不住出聲叫他。」
事實上，我是想起對方是誰才喊的，這部分撒了點小謊。
「哦，很正嗎？」
五十嵐露出賊兮兮的笑容。
「不，不是女人，是男人。」
「啊，是喔。」
五十嵐頓時失去興趣，夾起炸雞胗小菜放入口中。
「結果啊，誰知道……」
我莫名開始緊張，不敢光明正大看五十嵐的臉，手不停戳著鍋裡的火鍋料。
「嗯，所以是誰？」
五十嵐不疑有他，輕鬆追問。
「結果，根本是不認識的人。」
五十嵐哈哈大笑。
「搞什麼啊？」
「不，正確來說，那個人不是我朋友。」

「嗯？」

「是你的朋友……」

五十嵐微微皺眉，我的背後流下冷汗。

「喏，就是上次你偷偷結帳時，坐在吧檯前的人啊……那間燒肉吧……」

浮現疑惑表情的下一秒，五十嵐吃驚地睜大眼。

「你！該不會……」

坦白說，五十嵐震驚的反應令我發抖。

「青山先……」

在我說完之前，五十嵐就大叫。

「你為什麼要多管閒事！」

四周的客人同時投來注目禮，店員也露出驚訝的表情看著我們。

五十嵐降低音量。

「……我的事不用你管！」

「抱歉……我也知道不該雞婆……」

五十嵐「唉……」地深深嘆氣，垂下頭問：

「……然後呢？」

「啊、呃……我稍微和他……聊了一下你。」

五十嵐維持沉默。

「可是，我們沒有聊得太深入！我不知道你們之間發生什麼事，我也沒有跟他說你要辭職的事。」

五十嵐再次深深嘆氣。

「你的特技還是一樣厲害呢，為什麼可以一眼記住人臉啊？」

「只能說我寶刀未老。」

五十嵐又氣又好笑地看著我，慢慢夾出火鍋料，放進自己的餐盤。我也急急忙忙跟著夾菜。

「那項特技在大學時也經營了不少人脈，我真羨慕你。」

五十嵐夾起鍋子裡的魚丸說道。

「不過，對我現在的工作倒沒有太大幫助啊……那個應該煮好了，店員說浮起來就能吃。」

五十嵐把魚丸放入碗裡，又倒點湯。

「去找一份能發揮這項專長的工作吧。你這種人最適合當業務員了。你知道像我這種不擅長記長相和人名的類型，吃了多少苦嗎？」

「但你還是業績第一，不愧是模範生五十嵐。」

五十嵐剎那間沉默下來，接著，慢慢把餐具放下。

「我搶了青山的業績。」

他突然告解。

「雖然這麼說不太好，但業務的工作本來就常幹這種事，不是嗎？」

我姑且以友人身分替他說話。

「不一樣，不是單純搶功，我還竄改了資料，故意讓他出錯，賣他恩情，一面假裝是個可靠的前輩，一面搶走一份他即將談成的大生意。」

我說不出話來。

「很惡劣吧？我也嚇一跳，沒想到自己會做到這種地步。我不想找藉口，但真的不曉得自己為什麼做出那種事。要是情況更糟，我可能會……我可能會害死那傢伙啊……」

「你說得……太誇張了……」

我也把手中的碗盤放在桌上。

「並不誇張，那傢伙簡直像行屍走肉。每次看見青山被部長罵，我都擔心他會死掉。因為害怕，我嚇得不敢看新聞。我好怕……害怕哪天突然看到他的名字出現在新聞上……可是，我又不敢主動說出來……」

這是我認識五十嵐以來，見過他最懦弱無助的一面。

「每次只要早上發生電車事故，我就會擔心是不是他；每當電車劇烈搖晃，我就會心想是不是有人跳軌。老實說，那傢伙辭職後，我鬆了一口氣。很爛吧？我好幾次都想和他道歉，但直到最後都說不出口。直到現在，我還是擔心他過得好不好……我知道那件事無法用金錢償還，心裡卻盤算著能不能替他做點什麼。所以那天，我在那家店看見青山愉快地和朋友聊天，內心深深感到救贖，發自內心覺得太好了……我完全不認為小小的請客足以彌補，可是我坐立難安……心想，至少他今天開心喝酒的錢，我可以替他出。真是莫名其妙的想法……」

原來買單舉動的背後，有這些意義。

「哎～原來你也是普通人嘛。」

聽到我這麼說，五十嵐浮現自嘲的笑容。

「普通人才不會幹這種事。」

「你啊，身上穿的盔甲尺寸不合，太大件了。從大學就是如此，所以才會這麼痛苦。真正的你有點小迷糊，意外地對很多事情不擅長，只是透過努力來掩飾。這些你公司的人都不知道吧？一些小缺點根本無傷大雅，反而很有人味。你啊，隱藏過頭了。」

五十嵐靜靜垂下頭。

「不當完美的人也無所謂。你可以示弱，也能吐苦水。每個人或多或少都對現狀感到不滿、沒有安全感，不會有人因此討厭你的。」

「我知道……理智上可以理解，只是……」

五十嵐長嘆一口氣。

「吃吧，要冷掉了。」

我拿起碟子，咬下丸子。

「嗯，好吃。」

接著，我們暫時安靜地吃火鍋。

「我們……究竟要工作到何時才能解脫呢？」

五十嵐幽幽開口。

「到死為止吧。」

我小口喝著湯。

「什麼時候才會加薪呢？」

五十嵐也喝了一點湯。

「快退休的時候吧？」

「別說這種沒有夢想、沒有希望的話嘛。」

五十嵐苦笑不已。

「因為，你自己想想，少子化日益嚴重，十年之後，六十歲人口會超過百分之三十。年金瀕臨破產，醫療技術不斷進步，壽命只會延長，不論怎麼想都沒希望啊。」

我一面解釋，一面剝著碗裡冷掉的紅色蝦殼。

「就算一直工作下去，薪水也不會增加啊。」

五十嵐輕聲嘆氣。

「你已經賺得比我多了。不過，時間和金錢，真希望至少擁有一項呢。不管是哪一項都好。」

「老實說，我還沒計劃好回老家後的下一步要怎麼走。」

五十嵐也抓起蝦子。

「是嗎……」

我將剝完殼的蝦子放入口中。

「剝蝦殼真麻煩，剝了半天，一瞬間就吃掉了。雖然很好吃啦。」

五十嵐揚起嘴角說：「這不是和人生一樣嗎？」

「你又來了，這是什麼意思？」

「就是字面上的意思。」

五十嵐也將蝦子放入口中。

「歷經繁複的過程，快樂的時刻卻只有短短一瞬間。」

「可是，很好吃吧？」

「好不好吃，取決於蝦子本身。」

五十嵐呵呵笑了起來。

「那是什麼歪理？你最近怪怪的，一下子說果菜汁和水會壞掉，現在又扯到蝦子。我看你比我更適合當小說家吧？」

五十嵐哈哈大笑。

「果菜汁、水和蝦子的話題太過乏味，沒人想看啦。」

我跟著失笑。
「的確，感覺莫名其妙。」
我笑得更加放肆，同時打撈火鍋料。
「可是，換作是你，應該寫得出來。就算是乏味的故事也無所謂。」
五十嵐也戳著鍋中物。
「我以前真的好喜歡你寫的小說，不是普通喜歡……哦，找到帆立貝了。鱈魚跑去哪啦？」
我坦率接受五十嵐的稱讚，心裡很是開心。
「好，我來寫寫看這些乏味的故事吧……鱈魚是不是碎掉啦？」
「啊，有了，鱈魚。」
五十嵐把鱈魚肉夾到我的碗裡。
我們是吃同一鍋飯長大的夥伴。
替這麼重要的夥伴送行，我更加感受到啟程之日分秒逼近。
「哦，謝啦。」
「不騙你，去寫啦，換個人生吧。」

「哦，真不錯，好積極啊……啊，我也找到帆立貝了。」
該用什麼祝福的話語，送重要的夥伴啟程呢？想來想去，也許這樣的話語在我心中並不存在。
「彷彿我們還很年輕。」
這一點也不像凡事講求務實的五十嵐會說的話。
「年輕嗎……嗯，或許吧。」
這類充滿夢想的樂天發言，本來都是由我來說。
「感覺從現在起，什麼都做得到。」
「也許喔。」
想必五十嵐的心境產生了某些重大變化。
「對了，下次要不要去定食屋吃吃看？」
五十嵐難得提出聚餐時想吃什麼。
「定食屋？好吃嗎？」
我們兩人專心地打撈火鍋料。
「普普通通。」

「什麼啊？」

「可是，是一家好店，東西又便宜。」

這樣的邀約，彷彿回到了大學時光。

「喔？好啊，走，我們去吃……最後做成雜燴粥嗎？」

「一定要的。」

「不好意思，兩份雜燴粥。」

將火鍋料吃得一乾二淨後，我們同時舉起酒杯。

「……抱歉，我不該擅自向青山先生搭話。」

「我真的被你嚇到了，你偶爾會做出驚人之舉呢。」

「不，真的很抱歉。」

我邊說邊猛然想起一件事。

「對了！差點忘記！」

「什麼事？」

「我有東西要交給你。這個。」

我從口袋取出摺起的紙條。

「那是什麼？」

五十嵐伸出手來，我將紙條放在他的掌心。

「青山先生請我轉交給你。」

五十嵐的手震了一下，表情一僵。

「放心，我當然沒偷看！」

「青山他……」

「他說了類似『以結果來說，一切都還不錯』之類的話，還說他現在過得很幸福喔。」

「……真的嗎？」

「真的。」

五十嵐凝視手中的紙條。

「總覺得怕怕的，不太敢打開它。」

「你可以躲起來看啊。」

「事已至此，我當然要把你拖下水。」

「哪有人這樣！」

五十嵐慢慢拆開紙條，他的手指在發抖。

「哈哈……」

只見他低著頭笑，像是勉強擠出聲音。

「那小子果真厲害。讓世界慢慢變好的，肯定就是那種人吧，憑我是不行的。」

五十嵐把紙條放在桌上。

上面簡單寫著幾句留言：

『人生並沒有想像中那麼壞。

五十嵐前輩也要保重喔。謝謝。』

五十嵐雙手掩面，身體靠向椅背。

「我讀起來像在說：『我已經原諒你了，你也去好好過自己的人生吧。』」

接下來的一段時間，五十嵐沒有說話。

「趁著離開東京以前洗去罪惡，不也挺好的？」

「……還不會……太遲嗎……」

五十嵐相隔許久終於說話，眼睛濕濕的。

走出店門，我叫住五十嵐。

「五十嵐。」

五十嵐回頭。

「我認為還來得及喔。」

我一反常態地提高音量。

「你的人生隨時能改變，不論是今天、後天，還是十年後、三十年後，只要想改變，都不會太遲！」

五十嵐笑了。露出相識之初，有魚尾紋的那種笑容。

四月，與盛開的櫻花告別的時節，五十嵐離開了東京。

我交給他一個Ａ４信封。

「這是什麼？」

「餞別禮。」

五十嵐困惑地打開信封。

「這是……什麼……」

裡面有一大疊Ａ４紙。

「你不是叫我寫嗎？」

「……真的假的……」

五十嵐瞇細雙眼。

「我想用它去報名新人獎。」

五十嵐訝異地望著我，露出魚尾紋。

「你啊……總是令我跌破眼鏡呢。」

「你幫我看稿修稿吧。以前你不是常幫我改稿嗎？」

「太強了，這是長篇耶。」

五十嵐端詳A4紙。

「你竟然能寫這麼多……等等，你從什麼時開始寫的？」

「那次聚餐後啊，差不多一個月前。」

「那你很拚耶！」

五十嵐睜大眼睛。我好像很久沒看到五十嵐這麼興奮了，總覺得很高興，只見他的表情不停變化。

「拜你所賜，這一整個月，我一下班就飛奔回家。現在是工作最忙的時期，我不顧同事們刺人的眼光，堅持不加班，假日也待在家不出門。我還以為自己要死掉了呢。不過，這只是初稿，接下來需要你的協助。」

五十嵐笑了笑。

「書名……相當不錯啊。」

「對吧？因為是要送你的餞別禮啊。」

五十嵐用發光的眼神，仔細盯著稿子。

「以後這部作品，也許會擺在書店喔。」

我半開玩笑地說。

「嗯，我想有機會。」
五十嵐的表情是認真的。
「可是，公務員禁止從事副業啊，你幫我找找有沒有什麼漏洞吧。」
聞言，五十嵐出聲大笑。
「追求安定本來就不是你的作風嘛。」
月台傳來新幹線的發車廣播。
「要是擺在書店，我會替你多買幾本，記得先練練簽名。」
接著，五十嵐說「保重啦」，走入新幹線車廂。
「五十嵐！」
我忍不住叫住他。
五十嵐在車廂內回頭。
「加油喔！」
這是吃同鍋飯的好友，真心誠意的打氣。
五十嵐露齒而笑。
「你也是！」

如同往昔，他的眼尾也在笑。
眼前的人，毋庸置疑是我當年認識的五十嵐諒。
『我叫五十嵐，請多指教。』
那個在無人的教室發現躲起來看書的我，對我露出陽光笑臉，手朝我伸來的爽朗青年。
五十嵐在東京長住了十年，最後要離開時，臉上帶著和當年一樣的笑容。
新幹線的門「噗咻」一聲關上。
五十嵐的笑容似乎瞬間一垮。
前往滋賀的漫長旅途中，他會想些什麼呢？
接下來的數十年，要怎麼度過呢？
我寫的故事尚未留下結局。
「要替我完成快樂的結局喔。」
我對著新幹線駛離的月台喃喃自語。
他的人生和我的人生，才剛要開始。

〈無名〉A面

某位街頭藝人的處境

——只要活著，就會再次相見。

帶著癒合的傷口，在某個城鎮。未來的某一天，一定會再次相見……

「哇！」

彈下最後一個音，圍觀群眾同時鼓掌叫好。有個年輕男人混在幾名女子當中，站在最前排。

「謝謝大家。」

我輕聲致謝，那個打扮像大學生的男子露齒而笑，和我攀談：

「太好聽了，這首歌叫啥？」

他說著輕佻的關西腔，是我不擅長應付的類型。

「……還沒決定。」

我不加修飾地回應，重新彈奏吉他。

男人笑咪咪地望著我，忽然間，手伸進口袋拿出手機。低頭確認手機螢幕後，男人露出遺憾的表情，轉身離去。

我又接連演唱了三首歌，剛唱完，早上開始便忽晴忽陰的天空，滴滴答答地下起雨來。儘管是即將迎來冬天最冷的時刻，平時公園仍有行人來去、交替圍觀，但是當我以手掌確認雨水，見到人潮迅速作鳥獸散。

敞開的吉他盒裡有數枚銅板，看來今天沒辦法賺更多收入。我拾起零錢、收好吉他時，一雙腳站眼前。

「……表演結束了嗎？」

抬眼一瞧，是看過的女孩。她之前也來聽過我唱歌，不過當時站在最後面，不曾和我講話。

女孩好像快哭了。偶爾會有這種女孩來聽表演，原因多半是跟男友吵架或分手，這名女孩八成也是。只是，通常這類觀眾，錢也給得大方。我對她說「如果妳想聽，我再彈一下」，重新背起收到一半的吉他。

「妳想點播哪首歌？」

聽到我的詢問，女孩迷茫地說：

「那個，我不知道歌名……但我想聽……只要活著就能見面……內容大概是這樣的那一首。」

剛剛那個關西男特別中意的曲子嗎？

「哦，那一首啊。」

我「鏘啷」地撥響吉他，接著深吸一口氣。

唱完之後，我輕輕瞥向女孩，發現她在哽咽。

冷雨越下越大，公園只剩下我和她。

女孩飄揚的長髮已完全淋濕，臉上也是濕的，不知是雨水還是淚水。

「謝謝你……」

道謝的聲音微弱到幾乎要被雨聲蓋過去，她輕輕伸出手來，顫抖的手上緊握一張摺得小小的千圓鈔票。

我頓時猶豫該不該收。

我的演唱，真的值這張千圓鈔票嗎？在我心裡的某個角落，是不是只想趕快唱完了事呢？邊擔心吉他會淋濕，邊擔心唱破嗓子，根本沒有心思關心女孩哭泣的原因。

我舉起的手停在半空中，女孩把千圓鈔票塞了過來。

然後氣勢驚人地敬禮，奔向雨中。

當天夜裡，我在打工的居酒屋和客人吵架了。

平時，我總能無視酒醉客人的無聊玩笑，今天卻有點失常。

裝在口袋裡摺得小小的千圓鈔票，擾亂了我的心思。

因為吵架，一併耽誤到打烊時間，回到家時已經天亮了。

走進房間、坐在棉被上，我立刻抱起吉他。雖然拿出吉他，我卻遲遲提不起興致彈奏，於是打開廣播。一大清早，房內便響起令人憂鬱的新聞。

『——線發生誤點。為您重複報導，今天早晨○時○分左右，一名年約二十多歲的女性跳軌，撞上快速電車，造成人身意外……』

二十多歲的女性——腦中不禁浮現那名女孩哭泣的臉。

不可能吧？

我整顆心七上八下，立刻查詢網路新聞，但還查不到進一步的消息。

不可能是她。雖然這麼想，女孩哭泣的臉卻在腦中揮之不去。

當時應該問她為什麼哭的——後悔的情緒排山倒海而來。

我坐立難安，抓起吉他衝出家門。

星期一早晨，我來到雨後天晴的公園猛彈吉他，引吭高歌。

我不管三七二十一地彈著，心想也許昨天的女孩會路過。不，求求妳路過吧。

——我懷著這個心願，持續歌唱。

然而當天直到我回家，女孩都沒有現身。

隔天的星期二、星期三、星期四，只要有時間，我都在公園彈吉他唱歌。

然後，終於在見到那個哭泣女孩的一週之後——

一樣的時間，我唱完收到點播的那首曲子，現場響起拍手聲。

「這首歌果然很讚～你替它命名了嗎？」

露出白牙說話的傢伙，是那天也在場的關西腔裝熟男。大概是近日氣溫驟降，他的脖子上圍著藍色圍巾，引起我的注意。

我只冷淡回答：「還沒。」

男人笑咪咪地朝我伸出手說：「給你。」我以為是錢，伸手接過，才發現落在掌心的東西是喉糖。

「你是不是有點唱過頭啦？這一整個星期，都沒看你休息耶。」

這話令我大吃一驚。一整個星期下來，我為了確認女孩有沒有來，特別留意觀眾的臉孔，卻沒察覺男人來過。

「該說鬼氣逼人嗎？你怎麼啦？」

男人的聲音非常溫柔，像條柔軟的毯子，安心地裹住我，使我放鬆心情。我有點羨慕他擁有這樣的嗓音。

「沒有啊。」

我簡短回應，把手中的喉糖塞入口袋，再次撥響吉他。

「喂，等等，休息一下啦。」

男人阻止我繼續唱。

「我為什麼要聽你的？」我瞪著他。

「一直站在戶外很冷吧？你先喝點這個。」

他拿出寫著「蜂蜜薑茶」的熱飲罐，噗咻一聲打開拉環，朝我遞來。已經開封的東西我也不好丟掉，只好心不甘情不願地接過薑茶，席地坐下。

「薑茶可以溫暖身體，蜂蜜可以潤喉喔。」

男人像個傻瓜似地張嘴大笑，很像在拍什麼牙膏廣告。

「問你喔，為什麼不幫那首歌取名字呢？」
男人在我身旁坐下問道。
我思索著如何不讓對話變得更複雜，最後只說「就是不特別想」。
事實上，那首歌本來有名字。
我有一個好朋友，某天突然沒去學校上課，全家消失了。
五年過去，那傢伙依然生死未卜，我用他的名字為歌曲命名。
等未來某一天，這首歌大紅大紫時，那傢伙也許會發現——我如此盤算著。
我嘆一口氣，喝起熱呼呼的蜂蜜薑茶。
「你在等人？」
男人一語中的，害我嗆到。
男人「啊哈哈」地笑了笑，拍拍我的背說：「沒事吧？」
等人，這個詞同時說中兩個意思：等待我消失的好友，或者那個女孩。
我乾咳幾聲假裝沒事，默默喝下蜂蜜薑茶。
「是個長髮飄逸、氣質柔和文靜的女孩，對吧？」
我吃驚地望著男人，見他揚起大膽的笑容。

「坦白說，我偷看到了。一個星期前，我接完電話折回來要給你小費，看見一個女生站著聽你唱歌，還哭得稀里嘩啦。我心想：『哇～修羅場嗎？』只敢站在遠處偷看。你和她吵架啦？」

偷看？真惡劣的興趣。我嘆氣回應：

「才不是，她只是客人，我根本不認識她。我唱了她點播的歌，然後她就哭了，只是這樣而已。」

「你對她一見鍾情啦？在等她？」

男人露出賊笑。

「就說不是了。」

結果還是變麻煩了。我無可奈何，把聽見廣播新聞的事情告訴男子。

「原來如此，所以你才那麼擔心那個女生啊。擔心到天天來等人，就是為了親眼確認她平安無事。你啊，真是個好傢伙耶。」

「並沒有。」

我再次用力嘆氣，祈禱他自討沒趣自行離去。怎知，他說出意想不到的話：

「我知道那個女生為啥哭喔。」

我一陣錯愕，不由得大叫：「咦？」

男人微微一笑，徐徐道來：

「她看起來很成熟，其實還是高中生。然後，他們班上有個男同學自殺未遂，差點被電車撞，幸好旁邊的路人即時把他救起來。聽說那個男生遭到霸凌，女生知道這件事卻只是看著，沒有出手幫忙，因此責怪自己，害怕要是他真的死了該怎麼辦。就在她心情亂糟糟的時候，正好聽見你的歌，獲得了救贖。上星期的那一天，是那個受到霸凌的男同學轉學的隔一天，女孩很想聽同一首歌，所以來到這裡。大概是這樣。」

「……你怎麼知道？」

「她在雨中哭得很慘，我沒辦法假裝沒看見呀。我攔下她，問她發生什麼事。」

男人微微一笑。

「不過，她已經好好在心中消化這件事，決定向前看，所以沒事囉。」

這名男子很可疑，我無法確認他說的話是真是假，但我沒來由地相信他。真的很自然而然就相信他了，同時，心情為之輕盈，彷彿沉積在胸口深處的後悔，也跟著融化。

接下來，我每天都在那裡演唱。也希望當那名女孩想聽那首歌時，我可以唱給她聽。

「哦！」
藍色圍巾與露出白牙的好認笑臉躍入眼簾。
「你好。」
我輕嘆一口氣，右手離開吉他弦。反正這傢伙一定會找我講話。
「那個女孩之後來過嗎？」
看吧，果然找我講話了。
「不，還沒。」
我忍不住正常回答他。真是的，我平時明明不和觀眾交談。
「你想好歌名了嗎？」
「……還沒。」
男人在我身旁沉沉坐下。
「為啥不取？有歌名才好點歌啊。」
我再次嘆氣。
「既然這樣，直接叫它『無名』吧。」
「〈無名〉啊……可是，總覺得還有更適合的歌名呢。要不要我來幫忙想？」

男人天真地張嘴笑。

「……不用了。」

「好冷淡！比今天的氣溫還冷。這已經不是下雪，而是整個結冰了！啊，你本來就知道今晚會下雪嗎？」

他還是老樣子，自個兒說個不停。

「對了，你叫啥名字？」

面對這突如其來的問題，我選擇不回答。

「一般來說，街頭藝人不是都想打響自己的名號嗎？但到處都沒寫耶……啊！發現名字字首的縮寫了。」

男人眼尖地找到貼在吉他盒上的貼紙。

「居然是Y啊！和我一樣！」

男人開懷大笑，讓人想質疑：「到底有什麼好開心的？」

「那不是我的貼紙。」

「咦，那是誰的？」

「這把吉他的主人。」

「小哥，你把別人的吉他占為己有喔？」

「小哥……」

我恐怕露出發自內心嫌惡的表情。男人隨即垂下頭。

「因為，我還不知道你的名字啊……」

「唉……」

這是我第三次嘆氣，每次嘆的氣都比上次更深沉。

「……潤吾。」

「潤吾啊！真的喔？不是Y啊～」

竟然直呼我的名字。

「潤吾，借東西後占為己有，是不好的行為喔！」

「我沒有占為己有！是那傢伙擅自……不知道跑去哪裡……」

「你說吉他的主人嗎？」

「是啊……」

「你們以前一起組樂團嗎？」

被他說中了，我頓時說不出話。

「……嗯，差不多吧。」

「什麼！我猜對啦？我是不是很強？」

「還好吧，這不是很常見的故事嗎？雖然沒有真的組樂團，但那傢伙玩吉他，我當主唱。我沒有自己的吉他，就跟他借來練習，打算隔天帶去學校還他……結果那傢伙沒來上課。」

「請假嗎？」

我點點頭。

「之後再也沒來上課。」

「都沒去嗎？」

「……為什麼？」

「當我發現時，他已經休學搬家了。」

「天知道。」

這個問題我也想問。

「所以潤吾你也不知道嗎？」

「是啊。」

「可是，你們不是感情超要好的嗎？」
「……也沒好到那種程度。」
「一定很好！」
那麼，為什麼不告而別？
「因為，沒有人會把重要的吉他借給感情不好的人喔。」
男人彷彿聽見我心中的疑問，繼續說：
「換作是我，一定只借給信任的死黨。」
這句話深深地、深深地敲響我的心。
我凝視那把吉他。
老實說，我很不甘心，也很難過，壓抑著聲音哭了好幾次。
我無法相信那傢伙會對我不告而別。
我和他從小學就認識，一直把他當成最要好的朋友。
提議在學校文化祭前練唱的人是他。
第一次誇獎我唱歌好聽的人也是他。
「潤吾，你的聲音很棒！非常非常棒！你絕對比較適合當主唱！也許可以朝專業歌手的目標試試看！」

那傢伙眼神閃閃發亮地說完後，有些害羞地蹭了蹭鼻頭。

「偷偷跟你說，其實我會彈一點吉他。」

隔天，他真的把父親經年使用的老吉他帶來了。

又過一個月，我若無其事地提到「想彈彈看」，他也爽快地借我這把重要的吉他。

「我會小心彈，絕對不會弄壞，明天再帶來學校還你。」

我謹慎小心地說，他則笑道：「便宜貨而已，你不用那麼緊張啦。」

時至今日，我仍清晰記得背著好友重要的吉他回家那一天，那份緊張的心情。感覺就像背著一個小孩。

一回到家，我隨即躲進房間，對照著借來的教學書，首次撥響吉他。當時奏出的明亮音色，改變了我的人生。

我沉迷於彈吉他，甚至彈到深夜被母親責罵，隔天揉著惺忪睡眼，好不容易起床去上學。光是背著吉他走路，每天的上學路就充滿新鮮，宛如截然不同的世界。

早上的班會時間沒看到他。他和我不同，向來很少遲到。

我不禁擔心怎麼了。感冒了嗎？但我並未特別做什麼，如常待在學校，等他來上課。

那天直到中午，他都沒現身。我至少該打通電話給他的。至少放學後該去他家看看的。

經過數日，當我去他家時，已經人去樓空。

連班導師都不知道發生什麼事。

我再也見不到他，就這樣過了五年。

「希望你能再次見到這位Y同學呢。」

猛然回神，我發現自己忘了這傢伙的存在。

「繼續唱下去喔，未來總有一天會見到他。」

男人真摯地看著我，咧嘴一笑。

他的眼神相當、相當溫柔。

「潤吾，你應該會紅。」

他挪了挪下巴，指著怯怯看向這裡的女孩。是那天那個女孩。

「真不賴呢。」

男人對我說。

「你的歌聲能感動人心喔。」

他的語氣依然像條柔軟的毯子，輕柔包覆我的心。

「客人在等你，我該走啦。」

我叫住說完便起身的男子。

「請問你……貴姓大名？」

男人露齒而笑。

「下次見面前，先把歌名取好喔。」

他只留下這句話便瀟灑離去。

我在手中架起吉他。

鏘啷地撥彈一聲，女孩悄悄靠近，停了下來。

「請聽，〈無名〉。」

有一天，這首曲子會如同吸引這名女孩一般，傳遞給更多人知道嗎？

如此一來，也能傳遞給他嗎？

他倘若聽見了，會願意來見我嗎？

在那個現下還看不見的未來。

我深深吸氣，許下心願。

二月二十七日（一）

青山隆的處境

智慧型手機傳來爽朗的旋律。
我睜開眼睛，比往常都要清醒。
多麼清爽怡人的早晨。我洗完臉，打開電腦。
用力做個大大的深呼吸，打開大學的官方網頁。
「……有了！」
不用懷疑，榜單上有我的准考證號碼。
「啊啊～太好了～」
如此一來，我就能放下心中大石，四月起開開心心去研究所讀臨床心理學。
我終於站上人生的新起點。
「很好！立刻出發！」
我馬上動身前往手機通訊行。
回到家時已過中午，我邊吃有點遲的午餐，邊著手整理手機電話簿。就在今天，我換了想買多時的新手機。這是送給自己的禮物，獎勵我在緊迫的日程內考完研究所。

我按照五十音順序，一一檢視那些懷念的名字、快要忘記的名字，以及再也不想看到的名字，重複著點開又刪除的動作。滑過的每一個文字列都代表了一個人的人生，彷彿這個小盒子裡，存在著另一個世界。

我不由得想起從前看過的科幻電影的最後場景。人類付出了慘痛的代價，重複著壯烈的戰役，結局時卻揭露，原來一切全發生在某人所擁有的「瓶子裡」。因此，這部電影的結局引起贊同與否的唇槍舌戰，但我喜歡這樣的結局安排。此外我也想到，這個「瓶子」的擁有者，或許同樣存在於某人的瓶子裡。電視機映照出電視機，裡面的電視機又映照出電視機，一層接一層，沒有止盡。同樣地，自己的人生也發生在某人的瓶子裡，而這個瓶子的擁有者同樣存在於別人的瓶子裡。

不久之前，我根本沒有餘力思索這些事。

現在的我，已經有餘力為人生迷惘。

沒有餘力，連迷惘都做不到，會因此忘記顯而易見的事實：人生原來有其他的選項。我也是在不久前才察覺這些選項。我很幸運，有人點醒了我。

彷彿計算好似地，手機螢幕跳出「山本」這個名字。

這傢伙真的很神奇，每次時機都算得剛剛好。我忍不住失笑。以防萬一，我習慣性地按下撥號鍵。
『您撥的電話沒有回應，請稍後再撥——』
傳來的還是同樣的語音。
語音聽過的次數已多到無法計數，我依舊忍不住嘗試。
心裡暗暗期待著，也許有一天，電話會接通。
『哦~是隆啊，好久不見啦。』
他應該會像這樣若無其事地和我打招呼，不把我的無言放在心上，自顧自地繼續說話。
「好，差不多留下這些人吧。」
接著，我一一通知留下的通訊人，告訴他們我換電話號碼了。
重新確認通訊錄，從上方數下來的第五個聯絡人，依然是「五十嵐前輩」（註7）。為什麼沒將這個名字刪掉呢？部長的名字我頭一個刪除，為何沒有連五十嵐前輩的名字一併刪除呢？
前幾天，我在書店突然被五十嵐前輩的朋友叫住，為此嚇了一跳。
那個人自稱米田。

我睽違多時想起了五十嵐前輩。

從米田先生的語氣聽來，五十嵐前輩的近況似乎不太順遂。

我想也是。發生了那種事情，他還繼續待在那間公司。

待在離部長最近的地方做事。

老實說，辭職以後，我甚至有一點感謝五十嵐前輩。要不是因為發生了那種事，我也不會下定決心要辭職。

在那一瞬間——提出辭呈的一瞬間，我擺脫了日常包袱，覺得自己所向無敵。所以，我才能用開闊的心胸面對五十嵐前輩吧。然而，時間流逝，隨著我的心情漸漸平靜，對前輩的怒氣也沉靜而確實地湧上心頭。

這股怒氣，恐怕也跟山本忽然消失有關。山本的不告而別，引起了某種失落感，並在不知不覺間轉變為遷怒，矛頭對準了五十嵐前輩。

察覺是遷怒後，我對前輩也不再生氣了，也可說是忘記了吧。這證明我現在的生活過得很充實。

註7　五十嵐拼音為「イガラシ（Igarashi）」。「イ」在五十音排第二順位。

可是，聽米田先生談起五十嵐前輩的近況後，我還是有點放不下心。

無論結果如何，前輩從我剛進公司就非常照顧我，這是毋庸置疑的。

我繼續向下滑動手機通訊錄，並在最後又看見那個名字。

山本（註8），你若是站在我的立場，會怎麼向五十嵐前輩說呢？

我並非沒有山本就活不下去，但我還是很在意山本會怎麼回答。

他是否會面帶笑容說：「沒關係、沒關係，都是過去的事情啦。」

我想成為和山本一樣的人嗎？我把他當成嚮往的目標嗎？

不，不是。我只想和他當朋友。

一思及此，心情總是難掩消沉。

山本從我面前消失，是不容懷疑的事實。

「好，來念書囉。」

我轉換心情，面向書桌。

那一刻，當我拉住想跳軌的高中生的手，便決定了自己的路。

我想成為救援者。

即使考試已經結束，我依然每天用功讀書。

我會用功三小時，在傍晚出去散步透氣。

住家附近有條河和櫻花步道。

「真希望快點開花。」

還要一個月啊？

沿著河岸走，會通到車站。車站再過去是一條小小的商店街，我今天想去那裡的肉販買炸雞回來當晚餐吃。

智慧型手機收到訊息。

『恭喜考上！你的新手機號碼我加好囉！』

是勇太傳來的。他是讓我下定決心走這一行的關鍵人物，也是比我小幾歲的好朋友。

『謝謝！你再來東京時我們一起吃個飯吧！』

勇太因為在高中遇到霸凌，在第三學期（註9）時轉學搬家。

註8 山本拼音為「ヤマモト（Yamamoto）」。「ヤ」在五十音排倒數第三順位。

註9 日本實施三學期制，第三學期為一月中旬至三月下旬。

『一定喔！然後啊，我好像交到女朋友了。』

「咦！你說什麼！」

我不禁大叫。

「真好啊～春天來了～不過，為什麼是『好像』？」

我一面自言自語，一面在河邊的長椅坐下，輸入要回覆的訊息。

『恭喜你！在新學校認識的女同學嗎？』

他火速回訊，肯定等不及和我分享這份喜悅。

『不是，是之前學校的同學。』

『這樣啊！搬家後才找你嗎？』

『是她先傳訊息過來的。』

從字面能看出勇太在害羞。

『哇～你很受女生歡迎嘛！』

『不是你想的那樣啦，怎麼說呢，她傳訊來為自己當時沒有挺身而出道歉。』

『真是一位善良的女孩。』

欺負勇太的，是班上同樣加入足球社的一群惡霸。

理由很單純，勇太拿到先發資格，播下了火種。簡單說，就是從單純的忌妒越演越烈，變成暴力相向，嚇得全班同學不敢吭聲，最後連身為開心果的勇太都身心俱疲，差點跳軌自殺……

當時，真的只是偶然，我剛好在月台，抓住了他的手。

這份偶然也改變了勇太的命運。

『雖然我自己不記得了，但我以前好像保護過她……』

原來有這麼一位不曾交談，卻默默為他痛心的女同學啊。

太好了，真的太好了。

『好像連續劇喔。』

『然後，我們開始聊天。』

『你向她告白了嗎？』

『也不算告白，就是問她聖誕節要不要出來見面。』

『好好喔～我聖誕節可是一個人去吃拉麵呢。』

『真好笑。』

「才不好笑。」

我將脫口而出的話原原本本地輸入手機、發送出去。
『然後呢，我們的關係變得很像男女朋友。』
『恭喜！可惡，真羨慕你！』
『所以，我想找你商量……是不是正式告白比較好？』
竟然還沒告白！現在的高中生到底在想什麼？
『那還用說！拜託你確實告白！用話語表達心意很重要喔。』
『我想也是～那我可以傳訊息跟她說嗎？』
『直接約她出來，當面說清楚比較好吧？』
『當面說啊……難度太高了……』
真是的，現在的高中生真讓人搞不懂，需要重新教育。
『不行，拜託你加加油！不受歡迎的過來人給的建議一定要聽！』
『真沒說服力耶。好吧，我會加油。』
『等你報告好消息喔。』
『好！』
我彷彿看見勇太開心的表情。

第一次在車站遇見勇太時，他有著和從前的我一樣的表情。
那是失去活著的力氣，想立刻結束生命的人會有的表情。
抓住那隻手臂，一併改變了勇太的人生和我的人生。
我很慶幸自己當時抓住他的手。
能從山本身上分到出手救人的勇氣，真是太好了。
如此這般，我時常想念他。
由不得我不想。
是他讓我的人生改頭換面。
然後，他又默默從我面前離去。
他是失聯中的重要朋友。
「以後還能見到你嗎……」
只要活著，遲早會見面。
這個微小的心願，已成為我活在世上的莫大希望。
當天晚上，我按照預定買了炸雞回家，並煮了白飯，用春季高麗菜做了味噌湯。電視播出的動畫演到一家和樂圍桌吃晚餐的幸福場景，我看著電視，悠閒地吃完飯。

晚上八點左右，手機再度收到訊息：

『抱歉，這麼晚才回覆您訊息。謝謝您告知我新的手機號碼。我摸索了半天，總算成功更改過來了。許久未見，近來過得可好？下個月櫻花即將盛開，不過天氣依舊寒冷，請保重身體。』

這封訊息寫得彬彬有禮。對方曾說不擅長使用手機傳訊息，肯定花了不少時間輸入文字吧。

『謝謝您替我更改號碼。託您的福，我現在過得很好。』

寫到這裡，我停下來。

其實我很想問：

您現在有和山本取得聯繫嗎？

那傢伙人在哪裡？

那傢伙最近過得好不好？

猶豫再三之後，我把訊息寫完。

『我住的城鎮有條河，河邊有美麗的櫻花，有機會歡迎過來玩喔。』

隔一會兒，我收到回訊：

『謝謝您提出如此令人雀躍的邀請，收到這封訊息，彷彿春日的腳步提前來到我身邊。這次恐怕來不及前去賞櫻，今後必定找機會去。在此之前，先預祝您健康平安。』

隨後，又寄來一行字：

『附註：優那孩子今後也麻煩您了。』

我無意間猜到——

山本的母親，恐怕也沒跟兒子聯絡吧，否則不會多傳那句話請我關照。她八成不知道我跟山本也失聯了。打從我們相識之初，就是他偶爾單方面傳訊過來，彷彿在報告自己還活著。我們雖然會聊天，但我並不知道他住在哪裡、做些什麼，友誼關係始終停在這裡。

如今，我和他之間有了更深的鴻溝。他看似隨和好相處，實則完全沒有對人敞開心房。不論對我，還是對他的母親，都是如此。

山本……

在你心裡，我到底算怎樣的朋友呢？

隔天，我去附近的便利商店面試打工，結束之後，再次收到勇太的訊息。他通常會在放學後或星期六日傳訊給我，很少在午休時間傳來。

『隆哥，我有事情想找你商量……』

我暫停念書，回訊給他。

『哦？怎麼啦？跟告白有關嗎？』

『不，呃，我們好像吵架了……』

『咦，昨天不是還好好的嗎？發生什麼事？』

『我昨天晚上打電話給她……她一直在聊一位藝人……』

真是的，告白前就這麼浮躁。

『不要吃名人的醋啦～』

『還不有名啊，只是街頭藝人。』

街頭藝人……我除了茫然，沒有其他想法。

『距離她家很近的樣子，實際上她也常去看表演……』

『不是單純聽表演嗎？』

『她是這麼說的，只是去聽歌……』

我還沒回覆，勇太又傳來新的訊息：

『創作歌手感覺就很帥，很容易被女高中生搭訕……』
『你很擔心吧。』
『隆哥，你方便找時間去幫我看看那傢伙嗎？』
我可以想見勇太的不安。戀愛中的男人真辛苦。
『好啊，在哪裡？』
『聽說每天都在泉之丘公園表演。』
『大概在哪一帶？』
『啊，就是我前一所高中附近的公園。』
『原來如此，我明白了！今天如果有時間，我晚點就去幫你看看。』
『謝謝你！我會記住這份恩情！』
我查了勇太說的公園，坐電車約莫是三十分鐘的車程。
當天，我提早結束念書，動身前往公園一探究竟。
抵達的時候，太陽已經落下山頭，一走進公園入口，隨即聽見吉他和歌聲。我循著歌聲傳來的方向前進，在路燈下發現一名歌喉嘹亮的男子。他身旁圍繞著以女性為主的十幾名觀眾，其中也有好幾位像是高中生的女生。說不定勇太的女朋友就在裡面？不，並不是今天一定會來。我想著這些事，同時聆聽演唱，不知不覺竟聽到入迷。

曲子結束，觀眾一齊拍手叫好，我也發自內心鼓掌。

「有沒有人要點播歌曲？」

街頭藝人問道。

其中一位觀眾大喊：「〈無名〉！」

「收到點播了，我繼續唱。這首歌沒有歌名，請聽〈無名〉。」

那首曲子既優美又揪心，縱使有點悲傷，其中卻也蘊含著希望，是一首非常棒的曲子。

我繼續聽了兩、三首歌，並在吉他盒中放入銅板。

「謝謝。」

他直視我的雙眼，向我道謝。

「我會再來聽的。」

語畢，我轉身離開。

回家之後，我馬上聯絡勇太。

『我去看了。』

『怎麼樣？』

回訊的速度快得嚇人，我想他一定在意得不得了。

『老實說，遠比我想的還厲害。他的聲音很棒，有許多支持者。』

『是嗎……』

『畢竟只聽過一次，詳細情形我也不清楚，但我想應該不用擔心吧？』

感覺他是認真面對音樂創作，看上去也不像會主動跟女生搭訕的類型。我將這些想法如實傳達給勇太。

『對不起，讓你特地跑一趟。謝謝你。』

『別客氣。我一直在猜，觀眾裡也許會有你的女朋友，滿愉快的經驗。』

『其實，她主動聯絡我，說以後不會去了……』

『因為和你吵架嗎？』

『應該吧……』

『這個女生不錯喔，感覺很喜歡你呢。』

『我覺得自己成了心胸狹窄的男人……』

我有點懷念像勇太這樣的戀愛煩惱，想起自己從前也是這樣。

『冷靜想想，她只是在聽自己喜歡的音樂……』

『嗯，是啊。』

『我自己都沒有好好表白，就想限制她的行動，一定很惹人厭吧。』

『也許正因為現在的關係曖昧不明，才讓你們彼此更緊張。』

『我也這麼覺得。我會在下次約會時好好告白！』

『很好喔！這樣才對嘛！』

『我會加油的！』

青澀的戀情令人懷念，同時也覺得有點心癢。

面試的打工隨後便通知錄取，我請店長在研究所開學以前，替我多排時薪優渥的大夜班。接下來的日子過得相當平靜，我每天打工回家便倒頭大睡，睡到下午才起床，接著讀點書，稍稍提早出門，一邊散步一邊走去打工。排休時白天念書，晚上去找朋友玩。打工地點的店長人很好，答應我開學以後可以調整排班時間，我很感激他。

那天剛好是假日，我晚上沒有排其他行程，達成讀書進度便出門去超市逛逛。

我和平時一樣，沿著河川漫步。河邊有美麗的櫻花步道，我邊走邊看著櫻花。櫻花花苞緊緊閉著，看來距離開花還要一些時間。

正當我走到車站前——

「青山！」

有人叫住我。

回頭一看，我吃了一驚。

五十嵐前輩站在眼前。

他露出緊張的表情，朝我走來。

我也緊張地跑過去。

「你怎麼在這裡……」

喃喃問出口後，我才想起以前五十嵐前輩曾問我家住哪一站，我告訴過他。記得剛進公司舉行歡迎會時，前輩擔心我沒有末班車可搭，我在那時說過自己住在哪一站，但只提過這麼一次。

「抱歉，跑來這裡找你。」

五十嵐前輩朝我彎下腰。

來到最近的車站也不見得能遇上，他究竟在這裡等了多久？

「青山，突然來找你，真的很抱歉。方便撥點時間給我嗎？」

我還是第一次看見前輩說話如此沒自信。

我們走回河邊，那裡有長椅可坐。現在尚未進入花季，河岸道路人影稀疏。我們沉默地坐在長椅上。

靜靜坐了一會兒，我偷看五十嵐前輩，這時他猛然站起身。

下一秒，他竟然雙膝朝地面跪下去。

「青山，對不起！」

竟是跪地磕頭這一招。

我來不及阻止他。

「五、五十嵐前輩！」

「我不求你原諒，但我無論如何都想和你道歉。真的很抱歉。」

我急急忙忙扶他起身。

「沒關係、沒關係啦，不需要這樣！」

「不，我其實不是要你原諒我，只是、只是，我很想好好道一次歉……」

「總之你先起來。對了，不然你請我喝飲料！那裡有自動販賣機，我想喝咖啡。」

五十嵐前輩確認我指的方向，回答：「我、我知道了！」快步奔向自動販賣機。我喘了口氣，在長椅坐下，心裡希望五十嵐前輩能藉機冷靜一下。

五十嵐前輩上氣不接下氣地跑回來。

他邊問：「這個可以嗎？」邊將罐裝咖啡遞給我。那是我還在上班的時候，最常喝的牌子。

「謝謝你。」

我接過咖啡，請五十嵐前輩在身旁坐下。

「總之，先喝吧。」

前輩喃喃說「嗯……」，打開拉環。

「我不認為這麼做能夠贖罪，但我把我所做的一切，在公司說出來了。」

他雙手緊緊握著罐裝咖啡，慢慢道出經過。

「我猜……部長沒特別說什麼，對吧？」

五十嵐前輩吃驚地望著我，然後低下頭。

「是的……部長他……什麼也沒說。」

「那個人只看數字，根本不在意功勞是誰的。不如說，老是犯錯的我能夠辭職，對他來說反而是好事。」

「但其他人聽到都很驚訝喔。」

這次換我訝異了。

「你也跟大家說了嗎？」

「當然啊，否則沒意義。」

「可是，一旦說出來，你不就……」

說到這裡，我終於恍然大悟。

「你要……辭職嗎？」

五十嵐前輩明確地點了點頭。

「我只做到三月底，目前正在消化年假。決定要辭職後，我就把真相一五一十地告訴大家，接著也想向你好好道歉。對不起，突然跑來這裡，嚇到你了吧？」

「這個嘛……真的嚇到我了。」

見到五十嵐前輩之前，我確實想像過，如果我們見面會怎麼樣？

我也想過，自己說不定會氣到想揍他。

「謝謝你給我那張字條……老實說，那救了我。」

五十嵐前輩低著頭說。

「那個啊……嗯，我大概是在仿效某人吧……」

我感覺波濤洶湧的情緒迅速平息。

「已經沒關係了。」

五十嵐前輩垂下眉毛看著我。

「我若能生氣地揍你一拳，你或許會比較痛快……但我也是直到此刻才發現，那些事情對我來說，都過去了。老實說吧，公司的人怎麼看我，都無所謂。那些事就我現在聽來，簡直像另一個世界的故事，和我沒有關係。」

「是嗎……」

前輩神情複雜地點點頭。

「大夥最近過得怎樣？還是老樣子嗎？」

「都沒變呢……不過，你辭職之後，還有另一個人辭職。」

「咦！」

「我認為，你的那番話發生效用了。」

「是嗎……總覺得心裡有點過意不去。連續有人辭職，公司應該很混亂吧？」
「不過，還是陸續有新人進來，我都想叫他們別來了。」
「這間公司新陳代謝真好。」
「這個說法真有趣。」
五十嵐前輩輕輕笑了。
好久沒有感受到這種氣氛。如果我和五十嵐前輩是在更好、更健全的公司相識，也許結果會不同。思及此，我很遺憾我們是在那種地方認識。
「鈴木他……」
「鈴木前輩怎麼了？」
五十嵐前輩忽然開口。
鈴木是比我早一年進公司的前輩。
「他看起來不太妙……我很想幫助他，但我自己先辭職了……話雖如此，我也不能勉強要他辭職。」
「的確，你剛剛說我走了以後還有一個人離職，接下來你也要辭職，在這種情況下，鈴木前輩就算想提離職也不好開口。」

「抱歉，我來找你的本意，不是為了講這些。」
「不會……」
我一邊應聲，一邊想著其他事情。
「其實我的目標是當臨床心理師，也許能幫上忙……鈴木前輩的聯絡方式一樣嗎？」
「啊啊，應該沒變。」
「那我晚點聯絡看看。」
「啊，青……」
五十嵐前輩欲言又止。
「什麼事？」
「呃，不……」
他看似有些尷尬，片刻後吞吞吐吐地說：
「那個，我其實打過一次電話……」
「打給鈴木前輩嗎？」
「不，是打給你。」
我瞬間心想：「嗯？」接著「啊！」一聲大叫。

「對不起，我換號碼了……」

五十嵐前輩焦急萬分地用力搖搖手。

「不！沒關係！你別誤會！我不是那個意思……是想提醒你，看到陌生的號碼，鈴木可能不會接，所以先通知一聲比較好。」

那副慌亂狼狽的模樣使我忍俊不禁。我所認識的「五十嵐前輩」總是成熟冷靜、不慌不忙，是個穩重的男人。或許這才是他真實的一面也說不定。

我拿出手機撥電話。

五十嵐前輩的口袋傳來震動和手機鈴聲。

「啊，抱歉，有電話。」

我故意說：「請接。」

「不好意思。」

五十嵐前輩從口袋拿出手機，從長椅上起身。

「喂？我是五十嵐。」

手機傳來五十嵐前輩的聲音，我再也忍不住地笑出來。

「你好，我是青山。」

「……咦！」

五十嵐前輩發出尖銳的叫聲，猛然回頭。

「哈哈哈哈。」

前輩似乎理解了狀況，露出既尷尬又羞恥的表情，回到長椅坐好。

「搞什麼啊……」

嘴上念歸念，他的側臉掛著羞赧的微笑。

「這是我的新手機號碼。我用最快的速度刪掉部長的號碼……但前輩的號碼並沒有刪。」

五十嵐前輩喃喃說「是嗎……」，盯著手機瞧。

「五十嵐前輩，我……曾經一度認真想死。」

他震驚地望著我，眉頭緊皺。

「雖然後來有人救了我，但若當時沒有他，我應該已經死了。」

五十嵐前輩閉上眼睛、垂下脖子。

「對不起，但是，我希望你如實知道。」

他安靜而沉重地點了個頭。

「……真的……很對不起……」

他努力擠出聲音說。

「如果用線來比喻人生，對我來說，那天在頂樓發生的事，只是一個點。偏大的黑點。只是這樣而已，沒有更多、沒有更少。沒有人能將人生畫成一條平順的直線，這是我現在的想法。」

五十嵐前輩用力握住拳頭。

「凹凸不平，起伏不定，忽上忽下，斑駁不堪，偶爾筆會停住，線條差點中斷，即使如此，仍努力連成線。剩下來的，只有手停住時造成的黑點。有些黑點比較大，有些黑點比較小，如此而已。我在想，所有人的人生，應該都是這樣吧。」

五十嵐前輩靜靜傾聽我說話。

「以後我會繼續畫下這條線，所以，這是我最後一次提起這個話題。從明天起，我不會再回首我們之前的過去了。」

前輩抬頭注視我。

「有機會再去吃飯吧。」

他表情一垮。

接著稍稍將臉背過去，顫抖地低語：「想吃什麼儘管說，我請你。」

「啊，對了，說到請客……」

我換上我所能做到最棒的笑容。

「我聽米田先生說了，那天那一餐，原來是你請的。我朋友也很高興喔。」

五十嵐前輩霎時皺眉嘀咕「那小子真多嘴……」，然後有些靦腆地看著我問：「下次來吃肉，好不好？」

和五十嵐前輩道別後，我獨自在河邊散步。

接著拿出手機，打給鈴木前輩。

「鈴木前輩嗎？我是青山。」

表明身分後，電話那頭傳來鈴木前輩訝異的聲音。

『青山啊，好久不見，最近好嗎？』

「是的，託你的福。鈴木前輩，你還在公司嗎？」

『是啊，不過部長已經回家了，可以講話。怎麼了？』

「沒有啦～只是想知道你最近過得好不好。」

間隔了幾秒鐘，鈴木前輩試探地問道：

『……難不成，你聽到什麼風聲？』

我也老實回答：

「是的……實不相瞞，剛剛聽五十嵐前輩說的。他說你看起來有點累，我聽了有點擔心。」

鈴木前輩「咦！」地大叫。

『五十嵐前輩……你們還有保持聯絡啊？』

他應該已經聽五十嵐前輩說過我離職的真正原因，會有這種反應很正常。

「坦白說，今天是我離職後第一次和他見面。」

『這樣啊……唉，真是一言難盡，辛苦你了。』

鈴木前輩的語氣是發自內心同情。

「不會，那些都過去了。」

『你……真成熟呢。』

他語帶佩服。

「不，我也是今天和他講開之後，才終於能夠劃分心情。」

『我想也是。我也很驚訝呢，想不到五十嵐前輩會……你知道的……』

「會嚇到很正常。」

我哈哈大笑。

『唉，我沒資格評論這件事啦，不過，既然青山你的心情已經平復多了，我也很欣慰。你剛剛說，因為擔心我，所以特地打電話過來嗎？』

「是啊，莫名想起從前的自己……可能有點多管閒事了，但我很擔心你過得好不好。」

『這樣啊，謝謝。』

鈴木前輩的聲音聽起來比想像中有精神。

『坦白說吧，我本來也以為自己做不下去了。這麼說有點奇怪，不過自從聽了五十嵐前輩道出真相，我頓時覺得肩膀上的擔子輕一點。原來看似無懈可擊的人，也會狗急跳牆啊。既然連五十嵐前輩都做不到，我做不到是當然的嘛。該怎麼說？我算是看開了。還有，因為實在太多人辭職，部長被上頭叫去問話，最近安分許多。大家都在傳，部長可能會在春天的人事異動中被降職。』

「是嗎？那真是天大的好消息。」

鈴木前輩也哈哈笑出來。

『是不是？我稍稍撫平了內心的不平衡，所以現階段還撐得下去吧。五十嵐前輩交接了客戶名單給我，聽說還有新的主管要來，我會先看看狀況，再決定未來的去留。』

「太好了，你比我想的更有精神。五十嵐前輩很擔心你，我還以為你快不行了。」

『我比較擔心五十嵐前輩，聽說他要回老家。』

「咦！」我不禁大叫。「原來不只是辭職啊？」

『啊……我以為你知道了。』

鈴木前輩的語氣有點尷尬。

『就是這樣，很訝異吧？聽說他四月會離開東京。』

「原來是這樣……」

『不過，你不需要放在心上，因為青山你什麼也沒做錯。』

「那我順便問問，五十嵐前輩最近感覺還好嗎？」

『嗯……你離職後，他感覺也病懨懨的……不過年底時看起來有稍稍恢復精神。』

鈴木前輩接下來說出的話，令我愕然失聲。

『那陣子，常有一位山本先生打電話來找他……』

……山本先生？

『就是差不多在那時候吧，他看起來好多了，後來也把客戶的合約交接給我。但我拿到交接文件才發現，上面根本沒有姓山本的負責人，很奇怪吧？然後他又突然辭職，才會嚇到我。』

山本……

聽到這個名字後，鈴木前輩說了什麼，我完全聽不進去。

不可能……這麼巧吧？

我這樣告訴自己，卻忍不住追問：

「鈴木前輩……請問，你見過那位山本先生嗎？」

我的聲音微微發抖。

『不，只有五十嵐前輩見過他，但我接過好幾次電話。感覺五十嵐前輩一直在等他的電話，聽到他打來都難掩喜色，接著就前往聚餐。公司裡的人都在猜這個山本到底是何許人也。』

「這樣子啊……」

『說不定是家鄉的舊識？那個人說話帶著關西腔，印象中五十嵐前輩是滋賀人對不對？』

我彷彿被鈍器狠狠敲了一記。

腦袋裡只剩下山本這個名字。

「我也記得是這樣……原來啊……呃，突然打電話給你聊這麼久，打擾到你工作了，對不起。」

回過神來，我已經回到家門前。

『哪裡哪裡，謝謝你這麼關心我。有機會再約吃飯吧，我也想聽聽你的近況。』

「好的，隨時歡迎你找我。」

『明白了，謝謝。今天先聊到這裡，你也要保重身體，多加油喔。拜拜。』

「好，你也一樣，不要太逞強啊。」

我掛斷電話，心不在焉地打開大門。走進屋裡後，我燈也沒開，放空了一陣子。

不可能有這種事。

可是……

山本的確知道我和五十嵐前輩的關係。

他因為擔心五十嵐前輩的狀況而接近他，並不奇怪。

我整個人坐也不是、站也不是，索性打電話給五十嵐前輩。

感覺鈴聲響得特別久。

『青山，怎麼了嗎？』

電話傳來不久前才交談過的聲音。

「呃，那個，不好意思，我有點事想請教……」

『嗯？什麼事？』

「我剛剛打電話給鈴木前輩，聊完後，有件事情很在意……」

『請說。』

「聽說有個叫山本的人，有一陣子常打電話找你。」

我緊張得彷彿心臟要跳出來。

「請問，那個人是不是和我差不多年紀，說話有很重的關西腔，情緒莫名亢奮，完全不怕生，語氣像在跟朋友說話，卻不會引人反感，等你回過神來，他已經走進你的生活裡——請問是這樣的人嗎？」

我連珠砲似地說完，五十嵐前輩吃驚地說：

『哦、哦哦，對啊，和你的形容差不多。』

「他笑的方式，是不是很像在拍牙膏廣告？」

『啊～沒錯沒錯，真的很像，笑時會露出一口白牙。咦？你們認識？』

是山本沒錯。

在我之後，他又接觸了五十嵐前輩。

『喂喂喂？青山？』

「……五十嵐前輩，你可以告訴我有關那個人的情報嗎？」

和五十嵐前輩結束通話後，我馬上拿起手機，點開瀏覽器搜尋欄。

我在搜尋欄位輸入五十嵐前輩告訴我的醫院名稱，以及山本的名字。

然後，因為跳出來的情報愕然不已。

「臨床心理師　山本優」。

那是介紹醫師陣容的頁面。

「原來是這麼回事……」

他是專業的臨床心理師。

「搞什麼……原來是這樣啊……」

我不是山本的朋友。

「我不過是一名病患……」

難怪他會從我面前消失。

因為「療程」已經結束了。

「搞什麼啊。」

我一陣脫力，躺倒在地上。

我竟然在渾然不知的情況下，和山本走上相同的道路。

扔在地上的手機傳來訊息聲。

是勇太傳來的訊息。

『隆哥！我正式向她告白了！她非常高興耶！』

『太好了！祝你們永浴愛河！』

我躺著回傳訊息。

『我好慶幸當時沒死。』

看見這句話，我忍不住坐起身，用力握住手機。

『隆哥，我要再次向你道謝。』

訊息緊接著傳來。

『和你說的一樣，人生並沒有那麼糟！』
我的內心一陣感動。
『很高興聽你這麼說，我也會好好加油。』
我放下手機，望著天花板。
沒錯，我有自己的目標。
既然山本可以，我一定也做得到。
為了多拉住一個人的手。
「那個臭傢伙……」
既然不能和病患當朋友，我就成為你的同行，重新出現在你面前！
桌子的角落，放著那張代替護身符的小紙條。
『人生並沒有那麼糟，對吧？』
我總是看著這張字條，勉勵自己加油。
「可惡，你走著瞧！」
我在書桌上攤開講義。

〈無名〉B面

某個男人的處境

那段日子，我每天都過得了無生趣。

「喏，這個送你。」

津森先生對我說。

我認真盯著他交給我的黑色方形盒子。

「……這是什麼？」

「收音機啦。」

「收音機……」

「有聽過唄？」

我知道這東西，但不曾實際摸過這個用來收聽廣播的機器。

「送我嗎？」

「對啦，還可以用哩。有了收音機，想聽時就能聽，對唄？」

「嗯……是這樣沒錯……」

「說了可別嚇壞喔，告訴你，我買了電腦啦。」

「電腦？」

「對呀。」

津森先生洋洋得意地彎起嘴角。

「你知道嗎？電腦也能用來聽廣播喔。」

「這我倒是不清楚。」

「可以聽喲。」

津森先生露出至今從未見過的愉快笑容，不停說著這件事。

我知道津森先生會這麼高興，並不是因為買了電腦，而是從明天起，他要跟女兒一家同住了。

津森先生在值勤時受傷，聽說在中國工作的女兒一家決定回國照顧父親。

「哪有那麼嚴重，太誇張啦。喏，那邊不是有什麼ＰＭ二點五嗎？聽說空氣糟到不行哩，其實只是找藉口逃回來唄。」

津森先生雖然這麼說，但我知道，他們其實是擔心已屆退休年齡仍持續工作的父親，這次才決定回國盡孝道。職場裡的三姑六婆中村太太到處跟人說：「看看他的女兒多孝順啊，哪像我家的……」說來，津森先生年過七十還買電腦，也是為了即將升小學高年級的孫子。想必那台電腦很快就會被孫子霸占，到時津森先生就不能自由自在地收聽廣播節目。不過，這些都已不重要。津森先生唯一的樂趣——聽廣播，將輕輕鬆鬆被寶貝孫子的笑臉取代。對津森先生來說，沒有比這更令人開心的事，甚至能讓他爽快放手愛用多年、可比生命意義的老舊收音機。

「謝謝您。」

我察覺自己還沒道謝，輕輕低頭致意。

「別客氣、別客氣，就當是餞別禮。」

通常「餞別禮」是指送給即將離開的人的禮物吧？不過對他來說，那不重要。

津森先生的太太早在十年前過世，之後的日子，他獨自聽著收音機度日。接下來的時間，他將聽著家人熱鬧的聲音，含飴弄孫、安享晚年。

津森先生已經不需要收音機了。

如今他的眼中，只看得見未來。

這位年長我四十歲以上的長輩眼裡，只映出令人眩目的耀眼未來。

那雙眼熠熠生輝、充滿朝氣。

不是今天大太陽引發的錯覺，是他本來就擁有的光芒。

當天，回到沒附浴室的員工宿舍後，我立刻嘗試替收音機對頻。

滋滋滋……喇叭傳來微弱的電波聲。我慢慢轉動頻道鈕，總算聽見斷斷續續的廣播聲，令人想起從前外國老電影中老舊唱盤的聲音。

為什麼津森先生不給別人，只把收音機給了「我」呢？

原因不言自明。

因為我一無所有。

我比在職場工作的任何人都要一無所有。

讀高中時，父母經營的工廠倒閉，我們家欠了一屁股債，債務還如滾雪球般越滾越大。我一直認為自己家是極其普通的家庭，突然得知這個消息，簡直晴天霹靂。

那天，我比平時稍微晚歸。回到家時，一切已準備就緒，父母都在等我，連協助半夜潛逃的業者都來了。我在還搞不清楚的情況下，將最少量的行李塞進紙箱，被迫坐上業者的車子裡，連手機也丟掉了。那次經驗對我造成莫大的衝擊。

接下來，我們一家便躲躲藏藏地活在社會角落。

一無所有地活著。

兩年前，我找到附宿舍的工作。小歸小，但我終於有了自己的城堡。
就在今天，我的城堡裡，多了收音機這個文明利器。
我小心翼翼地轉動收音機。
看起來充滿昭和懷舊風情的方盒子，隱約傳來曲調。
「哦哦……」
我不禁發出讚嘆。
這間兩坪出頭的房間裡，不知多久沒響起生活以外的聲音。
本週的熱門話題，自然圍繞著我沒聽過的曲目。
此後，我每天晚上都聽廣播消磨時間。
各種華麗熱鬧的音樂，從老舊的收音機流瀉而出。
其中也有我特別中意的歌曲。在繽紛熱鬧的曲子中，只有那首歌帶有一點復古風味的懷舊感，能勾起某種思鄉情懷。
『接下來請聽今夜的最後一曲，J的〈未來的某一天〉。祝大家有個美好的夜晚。』
廣播節目主持人用成熟穩重的聲音說完，收音機隨即傳來那首我愛聽的曲子。
原來唱這首歌的人叫做「J」啊。

真好奇是怎樣的人。我產生了想看看他長什麼樣子的念頭。

隔天午休時間，我在員工餐廳喚住兼職人員中村太太。

「中村太太，妳聽過一個叫J的歌手嗎？」

中村太太不只聒噪，還是這個職場裡最厲害的追星族。

「當然知道呀！我女兒很迷他呢。他有一首歌很好聽，叫啥來著？」

不出所料，中村太太笑容滿面地答腔。

「是不是叫〈未來的某一天〉？」

「對對對，聽說他今晚要上現場直播音樂節目『N－STA』呢，我女兒一大早就吱吱喳喳嚷著：『一定要錄影！』真是的，自己睡過頭差點遲到，還有閒情在家裡翻箱倒櫃問：『遙控器跑去哪裡了啦！』沒設定好錄影時間也沒關係啊，只要晚上八點前回家，不就可以準時收看了嗎？她已經是大學生了，到底要到幾歲才會穩重一點呀？不管我怎麼念就是不肯早點睡，早上才會爬不起來。她這樣子以後出社會該怎麼辦呢？真是的，那孩子從小就讓人操心……」

中村太太似乎打開了話匣子，接下來，我足足聽她抱怨了二十分鐘。

好不容易解脫後，我也順便問了職場上最懂電影的田邊先生。
「田邊先生，你今晚有計劃要看電影嗎？」
「哦！怎麼啦？難得聽你問。你有想看的電影嗎？」
田邊先生把大部分的薪水都砸在電影嗜好上，這麼說絕不誇張。他房裡有超大電視機和高級音響，偶爾還會邀我去看電影，非常會照顧人。
「不……如果你今晚沒有計劃要看電影，我想跟你借用一下電視機。」
「電視機？好啊。你想看什麼？」
田邊先生十分好奇我怎麼突然想看電視，從椅子上探出身體問。
「我想看N－STA……」
「N－STA？怎麼？有你喜歡的偶像要上節目嗎？」
田邊先生誇張地睜大眼睛。
「倒不是……只是最近聽到一首歌，有點好奇……」
「哦，真難得！N－STA是八點開始對吧？沒問題，你八點過來。」
田邊先生揚起嘴角一笑。
「謝謝你。」

正當我道完謝要離開時，另一個同事正好過來找他。
「喂～田邊，你今晚有空嗎？要不要去聯誼？」
「聯誼？我要去、我要去！」
田邊先生喜上眉梢，一口答應，然後才「啊……」地轉頭看我。
「啊，沒關係，不用介意我，儘管去聯誼喔。」
我趕緊說。
「可是……」
田邊先生稍作苦思後，敲手說「對了」。
「你可以自己來我房間看電視啊。」
我搖搖頭。
「不行，怎麼可以在你不在時去打擾呢……我並不是非看不可，沒關係。」
「是嗎？對你真不好意思。」
畢竟我們的交情並沒有好到主人不在也能自行進房。
「不會不會，你完全不用放在心上。」
我揚起嘴角，給他一個蹩腳的笑容。

當天晚上，我去澡堂洗完澡，回屋後便打開收音機。差不多到了十點，廣播節目主持人很開心的聲音引起我的注意力。

『您現在收聽的節目是「莉莉子的音樂之夜」，本日請到的來賓是現在最火紅的創作型歌手——J！』

我趕緊旋轉收音機鈕，把音量調大。

『各位聽眾朋友晚安，我是J。』

收音機傳來聲音，我還是第一次聽見J說話的聲音。

他的聲音與歌聲相同，有點沙啞，給人一種寂寞的感受。

「上完現場直播節目，馬上趕電台通告啊，真忙呢……」

我一面自言自語，一面專心聽他說話。

『聽說再過三天……就是J的生日了！祝你二十五歲生日快樂！』

砰！現場傳來拉砲聲，

『哦哦。』J低聲發出驚嘆。『謝謝。啊，不得了，連蛋糕都準備好了，真不好意思。』

J表現得一樣冷靜，低聲道謝。

二十五歲，和我同年。剛剛主持人介紹他是創作型歌手，意思是說，曲子和歌詞也是他自己寫的囉？和我一樣年紀，也太才華洋溢了吧。

「所處的世界差太多了……」

我忍不住嘆氣。

『那麼，馬上來進行節目的例行單元「請告訴我吧！莉莉子☆」！首先是第一封信。「J、莉莉子，晚安！」嗨，晚安！「我是J的頭號粉絲，J的CD是我的寶物。請問J的寶物是什麼呢？」J，你可以告訴大家你的寶物是什麼嗎？』

『謝謝妳。我的寶物嘛，應該還是吉他吧。』

『你總是片刻不離身的那把吉他，對吧？』

『是的，那是我相當重要的寶物。』

『回答得真棒。說到這把吉他，也有人問類似的問題喔。「莉莉子、J，晚安。我有問題想問J。MV有拍到J的吉他盒，上面貼著縮寫是Y的貼紙。請問那是J的姓氏或本名嗎？」嗯～眼睛真利。請J來替我們回答吧。』

在吉他盒上貼姓名縮寫貼紙啊……原來也有人會幹一樣的事。我露出懷念的微笑。

『眼睛真利。不過，這並不是我的姓名縮寫。』
『哦？這話代表什麼意思呢？看樣子網友們要暴動囉？』
『不不，你們誤會了，不是那樣……該怎麼說呢……』
『等等，你沒事吧？酷酷的臉看起來有點緊張喔？先跳到下一個問題，讓你冷靜一下，好不好呢？』
『麻煩了。』
『下一封聽眾來信。「我從J還在街頭演唱時就是他的粉絲，他的出道曲〈未來的某一天〉在街頭時代叫做〈無名〉，對嗎？」以上是這位聽眾朋友的問題，看來是老粉絲呢～〈無名〉，也就是沒有取名的意思嗎？請J來替我們回答喔。』
『是的，正是如此。』
『當時的歌名不同，或者應該說，當時並沒有命名，對嗎？』
『是的。老實說，我一開始就想為這首歌取比較不一樣的名字。』
『哦？真讓人好奇。』
『坦白說，我本來想用人名來命名……』
『人名？人的名字嗎？』

『沒錯。』

『說到人名，不禁讓人聯想到用心愛女孩的名字來命名呢。最有名的例子就是〈Layla〉（註10）。欸欸欸，這下不得了啦～你到底打算用誰的名字來命名呀？』

『不，完全不是妳說的那種意思，是男生的名字。』

『咦，男性嗎？』

『不，被妳這麼一說，好像更奇怪了。』

『真的是男人嗎～會不會是幌子，其實是只有女生本人才知道的名字呢？』

『真的不是。』

『順便問一下，為什麼最後沒採用這個名字呢？』

『經紀公司抱怨「什麼？太難懂了」。其實，這件事和剛剛提到的縮寫Y也有關，算是這把吉他主人的名字吧……』

『原來縮寫Y是吉他主人的名字啊。哇～好想知道其中細節喔，但我們節目的時間快

註10 英國吉他之神艾瑞克．克萊普頓（Eric Patrick Clapton）的代表歌曲。克萊普頓曾愛上披頭四吉他手喬治．哈里遜之妻，遭到拒絕，此事成為這首名曲的創作靈感。

到了，真是遺憾！最後一個問題，由我莉莉子來發問。這首歌最後命名為〈未來的某一天〉，你希望透過這個歌名，來傳達什麼樣的訊息呢？』

『正如我剛剛所說，我本來想用人名為它命名，但經紀公司喊卡，所以我想至少把希望放在未來……於是用了〈未來的某一天〉這個名字。』

『請問J，你對未來有什麼樣的期許？』

『這個嘛……祕密。』

『咦咦～居然保密！』

『請大家各自許下對未來的心願喔。』

『哦！收尾收得挺漂亮的嘛。』

『哈哈，謝謝稱讚。』

『好啦，愉快的時光總是過得特別快，又到了說再見的時間。J，謝謝你百忙之中來上我們節目。』

『我才要謝謝貴節目邀請我來。』

『那麼，今晚用這首歌來畫下句點，祝福所有人能在未來實現心願。請聽J的〈未來的某一天〉。』

澄澈的歌聲從收音機流瀉而出。

——只要活著，就會再次相見。

——帶著癒合的傷口，在某個城鎮。未來的某一天，一定會再次相見……

第一次聽到他的歌聲時，我就感到一股懷念。

好像在哭泣，彷彿套上復古色的濾鏡，既悲傷又溫柔。

他的歌聲，越聽越滲入心脾。

「不可能……吧？」

這時傳來「叩叩」的敲門聲。

『喂，你醒著嗎？』

田邊先生似乎從聯誼回來了，聲音帶著酒意，敲響我的房門。

我沒有應聲。

『喂～已經睡了嗎？』

我吞聲屏氣，專心聆聽收音機播放的歌曲。

『喂～柳瀨（Yanase）～』

不久後敲門聲便停止，傳來田邊先生漸行漸遠的腳步聲。

下週一的午休時間，我在員工餐廳找中村太太攀談。

「中村太太，不好意思，以後J要上電視節目時，可以告訴我嗎？」

這樣說彷彿我是狂熱粉絲，總覺得挺害羞的。

中村太太笑咪咪地說：

「哎呀，你想看J嗎？我再幫你問問女兒喲～對了，前陣子我女兒才在YouTube看那個叫什麼MV的東西。她跟我說網路上有得看，教我怎麼看。以前我們不是都叫PV（promotion video）嗎？聽說現在都叫MV（music video）了，就是打歌用的影片，免費放在網路上給人看呢，這個時代真是了不起呀～柳瀨小弟，你要不要看？」

中村太太洋洋得意地拿出最新型的智慧型手機。

「咦，可以看嗎？」

「可以啊～這是我上個月買的，很貴呢。可是很方便，我家女兒對這方面很懂。要是把這份熱情用在讀書該有多好……」

「可以借我看看嗎？」

我壓抑著焦急的心情問。

「好啊，這裡有免費Wi-Fi，等我一下，我看看喔……我還不熟悉怎麼操作……哎，這個啦。」

熟悉的前奏傳入耳中，小小的手機螢幕照出J的背影。

剎那間，我的心跳漏了一拍。

「這影片拍得很酷，只是看不清楚臉。」

「是啊……」

J拿的吉他盒占據螢幕，我看見眼熟的縮寫Y。

我的心臟再次撲通一跳。

腦中響起那小子的聲音。

『我會小心彈，絕對不會弄壞。』

那小子罕見地露出緊張的表情，背上我的吉他說。

我想起那懷念的聲音。

從第一次聽見就深受吸引，令人感到莫名懷念的聲音。

「對了，J有個非常美妙的故事喔。」

中村太太的聲音彷彿位在遠方。

「聽說這首歌本來是用人名來命名呢。那個人好像是送J吉他的重要朋友，這首歌也是為他而寫的。」

我忍不住笑出來。

「……不是送……」

「什麼？」

間隔了幾秒。

「欸，你怎麼了？」

中村太太緊張的叫聲傳遍員工餐廳。

「……才不是送你的……」

我一面發出嗚咽，一面努力說著。

「欸，柳瀨小弟，你怎麼了！」

中村太太的嚷嚷聲引來眾人圍觀。

「喂，怎麼了？」

「柳瀨？」

「中村太太，發生什麼事？」

「我也不知道啊～」

餐廳內一片騷動，我的眼淚如瀑布嘩啦啦地流下來，但我沒有心思理會，只是專心盯著映在小小手機螢幕上，那小子懷念的側臉。

「我一定會去跟你討回來。」

未來的某一天，我擁有的東西必定會增加。

除了收音機，還有Y字縮寫的吉他。

以及一個名叫潤吾（Jungo）的好朋友。

○月△日（☆）

兩人的處境

嗶鈴鈴鈴鈴鈴……

結束諮商後，我回到房間，發現手機鬧鐘在響。

「又來了。」

我用力拍打沙發上伸出來的腳。

山本發出睡迷糊的「嗚嗚……」聲。

「起來！不要把沙發當床！」

山本「呼哈～」地打了個大大的呵欠，坐起身體。

「誰叫這裡的沙發睡起來比家裡的床還要舒服。你看，有裝彈簧耶。大醫院果然不一樣。隆，你要不要也來睡睡看？」

我把他的話當耳邊風，問道：

「今天要吃什麼？」

「去外面吃嘛，天氣那麼好。」

戶外的確陽光普照。

「呼哈~我一直很期待哪一天會開花，這下突然開了。」

山本沐浴在舒服的微風中，伸了個大大的懶腰。

「是啊，這個週末差不多會全部盛開吧。」

抬頭望去，藍天襯著淡粉紅色的櫻花。世界上沒有比這更美的景色。

與山本重逢後，這是我們第二次一起賞櫻。

「欸，山本，週末要不要去賞花？」

我們坐在平時習慣的長椅位子，邊吃各自買來的便利商店午餐邊聊天，我順勢問道。

「哦哦，好啊，要去哪裡看？」

「我家附近的河邊有櫻花樹。」

「真不賴耶，就去那裡吧。再說，你快要搬家了嘛。」

今年，我終於要搬離居住多年的租屋處，搬去離職場更近的地方。

「對了、對了，聽說新家附近有好吃的定食屋呢。是五十嵐前輩告訴我的。」

「哦~這麼讚啊？」

山本眼神溫柔地笑了笑。

只要提到五十嵐前輩的名字，他都是這副表情。我在等他告訴我當初是怎麼接近前輩的，但他就是不肯說。我打算過陣子安排他跟五十嵐前輩見面，可惜關鍵人物五十嵐前輩似乎忙翻了，難以成行。

五十嵐前輩目前任職於關西的出版社，聽說工作很忙，但也相當充實。他笑著說「從印刷公司換到出版社，我還真是離不開紙啊」。

「對了，我可以找其他人一起來賞花嗎？」

「當然好啊！找勇太如何？」

勇太考上東京的大學，聽說他和他的女朋友感情還是一樣好。

「不，勇太忙著應付新生聯誼，這個時期應該很忙，下次再找他吧。」

「是嗎？」

山本看起來心情絕佳，加倍笑咪咪地咬著三明治當午餐，旁邊還放著他最愛吃的培根蛋義大利麵留待享用。

我有一點點緊張。

「那要找誰哩？」

見我遲遲沒開口，山本自己問道。

「這個嘛……」

「啊！難不成，你交到女朋友了？」

山本笑容滿面地說。

「不。」

「抱歉。」

山本光速道歉。

見我依舊不說，山本有些狐疑地看著我。

「那麼，到底是誰呢？」

我下定決心，卻只敢用超小的音量說：

「……令堂。」

「嗚、咦咦！」

山本咬著三明治，發出彷彿青蛙被踩扁的詭異慘叫。

「老實說，我一直有和令堂保持聯繫，也和她約好要去河畔賞櫻，所以想趕在搬家前邀她一起來賞櫻。」

山本眼睛睜得又圓又大，像要盯我盯出一個洞來，模樣挺像抓著飼料呆住的倉鼠。

「我說啊，你也差不多該前進了吧？」

山本轉移視線，放下三明治，喝了口咖啡。

「……有前進啊。」

「不行，要再多前進。」

我也放下吃到一半的便當筷子。

「有前進了嘛。」

山本留下沒吃完的三明治，面無表情地在膝蓋上打開培根蛋義大利麵的包裝蓋。

「因為你看……你的身邊有可靠的好友陪著你呢。」

「哦？在哪？」

我瞪著故意東張西望的山本。

「開玩笑的啦！可是，面對老媽，我會很消沉耶。」

說完，山本把培根蛋義大利麵塞得滿嘴都是。

「有什麼關係？我在父母面前也亢奮不起來啊。」

「可是，賞花不是應該要開心一點嗎？」

我拚命鼓勵低頭看著義大利麵的他。

「也可以靜靜賞花啊。」

「我不要～」

「不要耍任性。」

「……更何況……對方不見得想見我呀。」

山本停下筷子。

「聽說令堂在你離家之後，持續在做心理諮商。」

山本吃驚地望著我。

「她希望下次若有機會見到你，能不要把你和純搞混。還說，不想再傷害你了。」

山本少見地換上若有所思的神情。

「而且，我還發現一件事。」

我瞅著山本的臉孔說。

「你和純，長得其實並不像。」

「哪有，很像耶！」

山本訝異地嚷嚷。

「你嚇到我了！我們真的超像的啦！」

我憋住笑意繼續說：

「那表示，你和純，並不如你所想的那麼相似。」
「不可能，我們可是雙胞胎喔！連親生老媽都會叫錯名字耶！」
「那是小時候的事了吧？長大以後沒那麼容易認錯。」
山本明顯露出不服氣的表情。
「再說，純長得比較帥。」
「你說啥？我才比較帥吧！」
「但是純比較受歡迎，對吧？」
「那傢伙只是比較會打扮、會裝乖！所以才受歡迎！我才是渾然天成的喔！」
看他這麼拚命解釋，我終於忍不住笑出來。
「聽說小時候是純比較活潑？我還聽說你是超級膽小鬼？」
「對啦對啦～我就是膽小鬼～」
山本把頭撇向一旁，再次把培根蛋義大利麵塞得滿嘴。
「聽說有一次下大雨，純想撐傘回家，你害怕撐傘被落雷打中，嚇得不敢動彈，結果兩人淋成落湯雞回家，還發了高燒呢。」
山本立刻嗆到。

「你怎麼連這種事都知道……」
「令堂懷念地說，當時很辛苦呢。」
「你們居然聊了這麼多……」
山本再度嘔氣地轉動叉子。
「問你喔，你現在光是談到純的話題，就會感到痛苦嗎？」
「那倒是不會……」
山本擺明了嘔氣地嘀咕著。
「那麼，會懷念嗎？」
「嗯，會吧……」
他繼續轉動叉子，將麵放入嘴裡，視線似乎凝視著遠方。
「令堂應該也是一樣的心情吧。時間已過了很久，久到超乎你的想像。」
山本靜止不語，皺起眉頭。
「你看，護理長不是說過嗎？無論是身體的傷還是心靈的傷，最有效的特效藥就是時間。最後總要靠時間來癒合。」
山本依然一語不發。

「時間這帖良藥，已經生效囉。」

我坐在長椅上，朝山本挪近一步的距離。

「我認為令堂想聊純的話題。和她共有這份回憶的人畢竟不是我，是你。」

山本望著虛空，豎耳傾聽。

「就算聊到一半不小心落淚，我認為那也是必要的淚水，不是嗎？」

「隆……」

山本慢慢轉過頭來。

「你現在是用臨床心理師的身分和我講話嗎？還是……」

「我從來沒把你當成『朋友』以外的人。」

我直接打斷山本說話。

山本再次轉向前方。

「我對你也是啊……」

「可是一開始不是吧？」

「嗯，只有最一開始。到一半就……搞不清楚了……因為不小心把你當成朋友了嘛……」

「你還躲起來了，這跟半途而廢有什麼兩樣。」

「我可是痛下決心耶！不准說我半途而廢！」

山本用力回頭，我直視著那雙眼說：

「所以，我這不是來見你了嘛！我已經成熟獨立到可以好好把你當成朋友！」

「不，才不是。」

「你說什麼？」

山本的眼神再次微微撇開。

「我並沒有要求你成熟獨立，這件事沒有你想像的那麼嚴肅……我只是不知道該怎麼聊起自己的身分……因為，我通常是在醫院認識病人的嘛，只有你不一樣，是從欺騙開始的。我害怕告訴你這一切全是騙局，你又會變得不相信人類，這樣就傷腦筋了。」

「『又會』是什麼意思？」

「不是啦，就是呢……感覺你自己一個人也能過得很好嘛……」

山本難得吞吞吐吐。

「沒關係，有話直說。」

「好吧……我害怕說真話你會討厭我，與其這樣，不如我自己先消失算了！」

我一陣傻眼。

「居然因為……這種理由……」

我苦惱了整整兩年……居然是因為這麼無聊的理由。

總覺得開始想笑了。

我抓住山本的雙肩，面對面告訴他：

「總之，這個週末要去賞花！知道了嗎！」

山本依然露出不服的表情，心不甘情不願地頷首。

週末是大好的天氣，我們在盛開的櫻花樹下鋪上野餐墊，大剌剌地坐下。我們準備了非常多啤酒和下酒菜，卻都沒準備午飯，因為會有人帶手做的便當。

自行車從面前快速駛過，路上傳來最近大紅的流行樂。

「我知道這首歌。」

「我也知道喔。」

山本快速打開啤酒說，看起來就是一副想喝的模樣。我也打開啤酒。

「不是，我是更早之前就知道了。他在街頭演唱過這首歌。」

山本睜大眼睛，接著細細瞇起眼。

「這樣啊，原來隆也聽過。」

「……也？」

「沒事，我自言自語。」

「喂，你太常自言自語了。」

山本「嗯？」地裝傻，打開洋芋片的包裝袋。

「應該說，你說話總是故弄玄虛。喂，不要吃太多喔。」

「啊，這是什麼書？好看嗎？」

山本從我的包包抽出露出一角的書，擺明了轉移話題。

「嗯，這是五十嵐前輩送我的，說是朋友的出道作。」

「哦？書名很有意思呢。」

聽到米田先生成為作家時，我著實吃了一驚。

「《我去換個人生再來》。」

山本念出書名。

「念出來感覺很像一回事呢。」
「是啊。」
我哈哈大笑。
「這故事是好結局嗎？」
山本仔細端詳起書問道。
「咦，你想先知道結局嗎？」
「我喜歡皆大歡喜的結局嘛。」
「但我還沒讀完。」
我也捏起洋芋片。
「既然這樣，你讀完先告訴我結局。」
「封面看起來很陽光，應該不用擔心吧？」
封面的櫻花令人印象深刻，怎麼看都不像壞結局。
「萬一它故意弄得很陽光，其實結局超悽慘，你要怎麼賠我！」
「我哪知？你去跟作者抗議啊。」
山本拿著書發起呆，視線越過了我，投向遠方。

不用回頭我也知道，在他轉為溫柔的眼神當中，映照著誰。
「沒辦法，我去對面的長椅確認一下吧。」
我抓起啤酒罐，從山本手中奪回書，站了起來。
「咦！」
山本有些緊張地看著我。
「我去看看是不是好結局。」
我輕輕將手中的書朝山本的方向揮了兩下。
那人遠遠便察覺我的身影，停下腳步，彬彬有禮地低下頭，懷裡寶貝似地抱著包袱巾包起的方形盒子，想必裡面是超豪華料理。真好奇是怎樣的便當？光想像就好期待。
我輕輕點頭致意，背對兩人，走向對面的長椅。
這兩人肯定累積了很多話想對彼此說吧，我在場會打擾他們。
仍帶著寒意的春風，吹過我們三人之間。
今天絢麗盛開的櫻花，迎著春風舞動，宛如祝福著兩人重逢。

END

後記

大家好，我是北川惠海。本書是我的出道作《不幹了！我開除了黑心公司》的續集。雖說是續集，但故事比較偏向外傳性質。

本次為了因應改編舞台劇，我相隔多時重讀自己的作品，覺得莫名心癢。不過，這畢竟是出道作，具備有勇無謀的氣勢，儘管青澀，但也有著滿腔熱情，不論是好是壞，想必以後我都寫不出這樣的故事了。

當時，《不幹了！我開除了黑心公司》經常獲得「高速直球」、「如同迎面痛擊」或「搭雲霄飛車橫衝直撞」等書評，坦白說，我的確是刻意朝這方向寫的，很訝異自己竟把心中的想法傳達得如此徹底，同時，也覺得有點恐怖。

這次的續集就不像雲霄飛車了，比較接近路面電車吧。煞有介事地慢慢前進，縱使有點焦急，但仍確實一步步地將乘客送達目的地。我想自己應該有把這部作品寫成這種溫柔的電車吧。

老實說，該不該寫續集，我煩惱了很久。最後誠如所見，我還是寫了。讓我下定決心的關鍵有二。

一是完全出於個人私心，我想寫五十嵐的故事。我會這麼說是因為當初在寫《不幹了！我開除了黑心公司》時，我唯一掙扎到最後還在猶豫的部分，就是到底該寫多少關於五十嵐的戲分。最後，書裡幾乎沒提及五十嵐的個人故事。拜此所賜，兩人的衝突成為重要轉折，使整部作品變得更為簡單易懂。但在書籍出版後，我心中始終殘留著「想好好交代五十嵐的心情」的遺憾，這次終於把這部分寫出來了，令我鬆一口氣。

另一個讓我下定決心的因素，是想好好感謝深愛這個故事及登場人物的各位讀者。

我想再看看這愉快的二人組，也想看看如童話故事一般，以「可喜可賀、可喜可賀」的方式結束後，仍繼續在現實中一步步朝幸福邁進的人物奮鬥的模樣。相信在現實世界打拚的各位，也是在這份基礎上努力前進。

遺憾的是，在現實世界裡，奇蹟發生的機率微乎其微。所以，我希望至少能在小說裡一窺圓滿快樂的結局。

轉眼間，懷抱這些想法寫下《不幹了！我開除了黑心公司》已經過了四年，我身處的世界一點一滴地改變，我也更常切身感受到變化。

還要經過多少年，《不幹了！我開除了黑心公司》才會變成徹頭徹尾的虛構小說呢？五年、十年、二十年後的年輕人，閱讀《不幹了！我開除了黑心公司》之後，又會從中得到什麼樣的感受呢？現在我恨不得活久一點，看看未來的樣子。為此，我必須先成長到下一個階段，甚至下下一個階段才行。

對了，聽說有些作家或藝術家，可以在文字或音色中看見顏色。我雖然不是那種強者，但我相信故事有屬於它的顏色和風景。

《不幹了！我開除了黑心公司》是晴空萬里的天藍色，這次的續集則是上述天藍色加上櫻花飛舞的淡粉紅色。

附帶一提，《英雄股份有限公司!!!》是原色亂七八糟摻雜在一起的木製玩具箱，《流星家的羅蘭》（暫譯）則是射向漆黑闇夜的一道光。

而我正在構思的新故事，有初夏的涼風與新綠陪伴。我現在想寫這樣的故事，儘管不知何時能付梓，還請各位拭目以待。

好啦，這應該是最後一次見到山本和青山了，我想在書末獻上小小的附錄。

這是之前在網路上公開過的小短篇，也是兩人相遇之後沒多久，一起去買東西的小插曲。青山不是在最後的上班日，繫上中意的「天藍色領帶」嗎？這就是兩人一起去買領帶的經過。電影和舞台劇都有演出他們一起買東西的橋段，實際上原著裡也有喔。此外，青山在小說裡剛登場的時候有抽菸，有沒有人發現呢？他不知何時戒菸了喔。短篇裡也有這些未公開的背景設定。

回過神來，四年一眨眼就過去了。

這兩人真的成為許多讀者喜愛的角色。

謝謝你們喜歡他們、喜歡這個故事。

我也最喜歡他們和這個故事了。

在未來的某一天，我們擁有的物品會增加。

其中包括幸福的回憶、些許的遺憾，我手中還有增加的書本。

願大家手中也有這些東西。

最後，我要感謝各位迄今以來的支持，請好好享受兩人感情要好地買東西的小故事。

北川惠海

〈我去買個東西，去去就回〉

「蠢俠糗東～」

山本又再唱奇怪的歌。

「你喜歡～哪一個？」

「什麼？」

「我說，春夏秋冬！你喜歡哪一個？」

山本朝我嘻嘻笑。

「哦哦，喜歡的季節啊？嗯……秋天吧。」

「讚喔！俗話說『秋高氣爽馬也肥』！我也喜歡秋天！不正是現在嗎！」

他像雙人漫才表演裡負責吐嘈的角色，以手背狠狠地拍我，情緒亢奮極了，令我退避三舍。

「……怎麼了？」

見我投以白眼，山本嘿嘿一笑。

「坦白說，我已經好久沒有外出購物啦，有點興奮～」

豈止是一點。我在心中咒罵。

「抬～頭看天空～晴空萬里～」

山本再次哼起今天不知重複唱了第幾次的歌。

「你從剛才就一直在哼歌，那到底是什麼歌？」

「咦，你不知道這首歌啊？」

「不知道……很紅嗎？」

山本沒有回答我的問題，笑容滿面地指著眼前的店。

「就是這裡唷！好久沒來啦～這裡有賣領帶，也有賣很多上班和私底下穿都很適合的衣服喔。你來過嗎？」

我搖頭說「沒有」，山本見了更加樂不可支。

「來，進來吧！」

山本洋洋得意地走進店裡。

「這個啦！如何？多漂亮的秋天色系啊。」

山本手上拿著一條鮮豔的天藍色領帶。

「這是秋天色系？今年流行的嗎？」

「流不流行我不知道，但這是秋天色系沒錯啦！」

山本露齒大笑，我苦笑說「不是吧」。

「秋天色系通常指暖色系。是叫紅褐色嗎？或是這種土黃色……不，應該叫芥子色……之類的。」

我隨手拿起眼前的芥子色毛衣給山本看。

「那件是本週剛進的新色喔。秋天很適合這種芥末黃呢。」

聽見我們對話的店員立刻湊上前搭話，那張笑咪咪的臉令人想問：「到底什麼事情這麼開心？」雖然眼妝化得有點濃，但長得還算可愛。

「這是比較薄的針織衫，可以穿在西裝裡面。除了V領還有其他圓領款式，不過搭配西裝外套，我還是推薦V領的。」

店員小姐連珠砲似地推銷商品，令我有些無法招架。

「不好意思，我們只是想先逛逛……」

「好的，當然沒問題。」

店員小姐笑容不減，往後退一步。

話說回來，時髦的五十嵐前輩偶爾也會在西裝外套裡搭配薄毛衣。但我若是有樣學樣，部長應該會馬上開罵。

我邊想著這些瑣事邊逛，站在後面的店員再次出聲搭話：

「您找上班要用的衣服嗎？如果要找秋天色系，紅色系也很受歡迎喔。不是鮮豔的紅色，而是比較沉穩的……」

見到店員東張西望尋找商品，我急忙插嘴：

「紅豆色……不對，酒紅色之類的？」

「沒錯！勃艮第（burgundy）紅每年都很受歡迎呢，今年苔綠色也很流行喔。」

店員雖然這麼說，卻拿起怎麼看都是紅豆色或酒紅色的開襟衫，攤開來展示給我們看。

「哦哦，勃艮第紅……啊？」

不妙，我徹底混亂了。芥子色叫芥末黃我還可以理解，但紅豆色竟然已經不叫酒紅色了嗎？我只是一段時間沒出門逛街，顏色的稱呼就變得像暗號一樣。時代潮流真可怕。

我笑容僵硬，為了逃離店員，朝抓著藍色領帶的山本問：

「喂，山本，既然是現在要穿，還是選顏色適合秋天的單品比較好吧？」

「所以說，這不就是秋天色系嗎？」

「不，我剛剛不是說過嗎？秋天色系比較暗……」

「隆！不要被常識限制住了！你的視野看見的東西，並不代表全世界喔！你仔細看，多麼澄澈的天藍色啊！抬～頭看天空～」

「喂，不要在店裡唱歌啦！」

我急急忙忙觀望四周。

店員笑嘻嘻地說「這位先生真幽默呢」，但我光想到她藏在笑容下的真心話，背後就冒出冷汗。

「喏，這個如何？」

我趕緊把山本拉離店員身邊，指著一條看似時下流行的「勃艮第」紅豆色領帶。

「不行！顏色太暗了！你的臉色會比現在更陰沉喔。」

「比現在更」是多餘的。

「可是，聽說現在很流行。」

「你真的是……不要盲從流行！要當引領潮流的男子漢！」
又來了，又說一些奇奇怪怪的話。
我說著「是是是」敷衍他，山本用力抓住我的手。
「如果你無論如何都要選那個顏色，就和我一決勝負！」
他邊說邊向前揮出拳頭。
「啥？」
「你要是贏了，就買那條陰沉的領帶；我要是贏了，你就買這條藍色領帶！」
山本的表情非常認真，不是開玩笑。
「堂堂男子漢，一拳定勝負！」
山本把拳頭擺直，上下揮動。
「原來是猜拳啊。」
小朋友嗎？我忍不住笑出來。
「好，來啊，我猜拳很強喔。」
我伸出拳頭，學山本露出賊笑。
「來吧！我要是贏了，你要戒菸喔。剪刀——」

山本用力揮舞拳頭。

「等等等、等一下！你剛剛是不是多加了什麼條件？」

「不出拳就算輸！石頭——」

「喂喂……等一下！」

「布！」

咦咦咦咦咦咦咦！

心裡雖然發出慘叫，我的右手卻反射性地伸出去。

「哼。」

山本將攤開的右手伸到面前，露出狂妄的笑容。

「本人此生所向無敵。」

——慘了。

我憤恨地望著握在前方的拳頭。

「為什麼要選這個顏色啊？」

我提著購物紙袋，向山本表達不滿。

不用說，紙袋裡裝著天藍色的領帶。

「不同顏色會帶來不同的印象嘛。紅色是熱情，黃色代表朝氣，綠色代表平靜，而藍色是……」

山本忽然停下腳步。

「信賴！」

接著，他用分外溫柔的眼神望著我。

「你的工作是啥？青山隆。」

「業務……」

「是信賴！」

山本重複強調之後，張嘴笑了笑。

我不由得屏息。

看見我的反應，他似乎相當滿意，再次哼起歌，邁開步伐。

「可是啊……」

我小跑步追上他，窮追猛打。

「你那樣太狡詐了。什麼意思嘛，竟然叫我戒菸。」

「有啥不好？這也是為了你的健康著想啊。」

山本理所當然地說。

「是這樣沒錯……」

「健康就能省錢，錢多出來就會受女孩子歡迎，一石三鳥喔！」

「呃……不會因此受歡迎吧。」

見我把到口的話又收回去，山本彷彿看透我的心情，露出賊笑。

「如果你覺得是騙人的，要不要去問問看呀？『想和吸菸還是沒吸菸的男性交往？』

我想七、八成的女性都會回答『沒吸菸』喔。」

「……是、是嗎？」

山本哼笑著，再次唱起歌，表示話已說完。

「抬～頭看天空～」

「所以說，那到底是什麼歌啦？」

我嘆一口氣。

與山本道別後，抵達附近車站的我邊碎碎念邊走著。為什麼只是出來買個東西，就變成非要戒菸不可？真是的。不只如此，每次都神不知鬼不覺被他牽著鼻子走。直到最後，他也沒告訴我那到底是什麼歌。

回程路上，山本始終沒停止哼歌。

出門購物有這麼開心嗎？

……不過，這樣也不錯啦。

「今天真暖和。」

出大太陽，甚至有點熱。

我停下腳步，抬頭看天空。

「抬～頭看天空……嗎？」

我不小心記住山本哼的怪歌了。

「天空好藍。」

許久沒有抬頭仔細看天空，眼前的天空一片蔚藍，秋高氣爽。

「晴～空萬里……」

越看越覺得這片青空彷彿沒有邊界，就是如此鮮豔澄澈的藍。

「……這就是秋日晴空嗎？」

我下意識瞥向手中搖晃的紙袋。
裡面裝的是——
我不禁笑出來。
「的確是……秋日晴空的顏色呢。」
總覺得耳邊似乎傳來山本所哼的歌。

END

國家圖書館出版品預行編目資料

不幹了！我開除了黑心公司 / 北川恵海作；韓宛庭譯. -- 初版. -- 臺北市：臺灣角川，2020.06-
面； 公分. -- (Kadokawa light literature)(角川輕.文學)
譯自：ちょっと今から人生かえてくる
ISBN 978-957-743-831-7(第2冊：平裝)

861.57 109005318

輕文學
Light Literature

不幹了！我開除了黑心公司 2

原著名＊ちょっと今から人生かえてくる

作　者＊北川惠海
插　畫＊やまざきももこ
譯　者＊韓宛庭

2020 年 6 月 8 日　初版第 1 刷發行

發 行 人＊岩崎剛人
總 經 理＊楊淑媄
資深總監＊許嘉鴻
總 編 輯＊呂慧君
副 主 編＊溫佩蓉
美術設計＊邱靖婷
印　務＊李明修（主任）、張加恩（主任）、張凱棋

台灣角川

發 行 所＊台灣角川股份有限公司
地　址＊105 台北市光復北路 11 巷 44 號 5 樓
電　話＊（02）2747-2433
傳　真＊（02）2747-2558
網　址＊http://www.kadokawa.com.tw
劃撥帳戶＊台灣角川股份有限公司
劃撥帳號＊19487412
法律顧問＊有澤法律事務所
製　版＊尚騰印刷事業有限公司
I S B N＊978-957-743-831-7